春季限定草莓塔事件

THE SPECIAL STRAWBERRY TART CASE

米澤穗信
YONEZAWA HONOBU

春期限定いちごタルト事件

THE SPECIAL STRAWBERRY TART CASE

by

Honobu Yonezawa

2004

目錄

序 章

雖然用夢境作為開頭很老梗，但我再三思索，還是覺得從這裡說起最好。再怎麼樣也好過用夢境作為結尾。

夢裡的我在眾人環視之下揭發了一位同學。大概是這種情況：

「如此這般，某某同學，如同我剛才的論述，事情已經很清楚了。如同我一開始的想法，這件事只要整理出時間表就能解決。

如果你一定要有證據才肯承認，我也可以拿出證據。不過，該怎麼說呢？你已經無路可逃了。利用直排輪製造不在場證明不算特別有創意，但還是個不錯的點子，只是你挑錯對象了。

以前那個貝斯手失蹤事件是我解決的，後來那件事你知道嗎？就是音樂教室花瓶掉落的事，看穿那件事並非意外的也是我，最重要的是，讓佐川他們那群人淪落到要接受輔導的地步，也是我悄悄做的。

我敢斷言，嫁禍給她的人就是你。怎樣，認輸了嗎？或是你還想用沒意義的辯解來浪費大家的時間？」

某某同學無力地垂著頭。對了，這傢伙是誰啊？我突然冒出這個疑問，但這是在夢中，真凶並沒有具體形象。我睥睨著他，得意洋洋地說道：

「不過嘛，現在想要彌補還來得及，如果你的良心還沒完全泯滅，就誠心誠意地去做吧。」

我轉頭望向觀眾，他們也沒有具體形象，但都為我的破案手法熱烈鼓掌。

「喔喔，真厲害！」

「這些事我根本想不出來。」

「沒想到真凶竟然是那傢伙。」

「太棒了，了不起。」

「不愧是小鳩常悟朗。」

「精彩，太精彩了！」

我舉起雙手，回應他們的讚美。我志得意滿。那種程度的詭計也想騙過我，這已經不能算是愚笨了，簡直跟猴子的智商差不多。我甚至這樣想著。哎呀，我簡直要感到遺憾了，難道這世上就沒有能讓我敬佩的聰明人嗎？

正在作夢的我看著夢中那個得意忘形的我，心情非常苦澀。不知是不是這種心情影響了夢境，有一個人從不斷歡呼的觀眾之中走出來。

那是誰呢？會對我說這種話的人，我想得出好幾個。他，或是她，笑咪咪地說：

「真的很厲害。精彩的推理，縝密的論證。可是，那個，嗯，該怎麼說呢，雖然有些難以啟齒，但我還是直說吧。

你真的很惹人厭耶。」

真是的，這個夢未免太嚇人了。醒來以後，我的心臟還是怦怦地跳個不停，我簡直擔心自己會不會因此得到心臟病。

還好，那只是夢。記憶沒多久就淡化了，連細節都想不起來。在我快要忘記這個夢的時候，我突然想起自己似乎做了另一個夢。那個夢裡的主角不是我，而是一個嬌小的女孩。內容我已經忘光了，連零碎的片段都想不起來。

我從床上坐起來。窗簾外面透進亮光。我看看牆上的時鐘，現在還不到起床的時間，但我一睜眼就清醒了，所以乾脆直接起床。我坐在床緣，回憶著逐漸遺忘的夢境。

沒事的。現在的我和夢中的那個我是不一樣的。現在的我擁有理想的目標，以笑容作為武器，依照自己期望的方式過生活。就算遇到挫折，我還有戰友。一個和我擁有相同目標、值得信賴的夥伴。

時間一到，我就出發前往高中。我還不是那所高中的學生。今天就要放榜了，如果沒有意外，我四月就會入學就讀。

我的環境即將從國中變成高中。在國中一直很平凡、進了高中卻開始搞怪的人會被說是「高中出道」。

我們的目標也是高中出道，雖然意義不太一樣。關著窗簾的陰暗房間。我一動也不動。

沒錯。只要換了環境，一切都會變得很順利。

披著羊皮

1

如果問我有沒有把握，我應該會回答「沒有」吧。

不過，如果問話的是神明之類的對象，就算我說出真話也不會惹別人不愉快的話，我一定會回答「落榜這件事我想都沒想過」。

船戶高中在附近是難考到出了名的學校，話雖如此，因為他們是公立學校，考生的數量可以從國中調整，所以應考人數倍率再高也不會超過一點二倍。錄取者的准考證號碼貼在體育館前面，我像是在附近賞櫻似的，以輕鬆的心情看榜單，沒多久就找到了自己的號碼。我輕吁一口氣，或許我多少還是有些擔心吧。

總之我自己的事已經解決了，不過我並不能就此放心，因為我還牽掛著另一個人，一個和我有過約定的戰友。那個人是和我一起來的，所以應該在附近……不過公布欄前面擠得水洩不通，找起人來非常困難。我想應該不可能找到了，因為我那夥伴不只矮小，外貌也不出眾。我放棄找尋，稍微遠離人潮，拿出手機，打了訊息，收件人的名稱是「小佐內由紀　手機」。

『我考上了，小佐內同學呢？』

收到的回覆是：

『你現在在哪裡？』

我四處張望，找尋顯眼的目標。因為我只在考試時來過一次，今天是第二次來。我想了很久該找什麼當地標，最後這樣回覆：

『正要走向校門。』

『我立刻過去。』

聯絡完畢。我一邊走向校門，一邊把折疊式手機收進口袋。我們傳給彼此的訊息都很短，因為小佐內同學不使用表情符號和貼圖，所以我也不用。我以前問過小佐內同學，她說不用那些東西是為了配合我。要說我們兩人是哪個作風比較樸素，是哪個在配合對方，我想應該是一半一半吧。

校門旁邊站著幾個人，小佐內同學還沒來……我正在這樣想，就看到單調呆板的水泥校門後面有個穿著水手服的嬌小女孩露出半邊身體。她在躲誰啊？我對那女孩招招手，她立刻跑過來，用細若蚊鳴的聲音說：

「我也是。」

「……什麼？」

「小鳩，你考上了吧？」

喔喔，原來是這個意思。我露出滿面的笑容。

「這樣啊，小佐內同學也考上了啊。那真是太好了。」

「嗯……今後也請多多指教。」

我們的對話很正常，被別人聽到也不會怎樣，但小佐內同學還是說得很小聲，彷彿不想讓旁人聽見。

她的名字是小佐內由紀，不只是身材嬌小，連外表也沒有任何特別的地方。細細的眼睛，薄薄的嘴脣，小小的鼻子。她的五官都很小，臉也很小，硬要說的話，只有耳朵比較大吧。她頂著齊肩的妹妹頭，手腳也很纖細，像是要配合嬌小的身軀。她甚至可以用小學生的價格搭公車。她穿著國中的水手服，外面搭著牛奶色的針織外套。她的氣質……就像小動物一樣。她本人也很喜歡這種形容。

我跟小佐內同學是從國中三年級的初夏開始在一起的。

微風吹來，春天將近，雖說我和小佐內同學是「櫻花盛開」（註1），但是現在的氣溫還很冷。我不禁瑟瑟發抖。在開學典禮之前都不需要再來這裡了。

「太冷了，我要回家了。」

「我也是。」

1　「櫻花盛開」代表考上理想的學校，「櫻花凋落」代表沒考上。

小佐內同學說完之後想了一下。

「很冷呢。」

「所以我說太冷了要回家啊。」

「我們去吃點熱的東西慶祝考上，怎麼樣？」

這個提議挺不錯的。我對附近一帶不太熟，小佐內同學應該知道一兩間店家吧。我立即贊同，正想說「那就走吧」，突然有人叫住了我。

「你們好。」

我轉頭一看，有個穿著暗粉紅色風衣、看似品味很差的男人拿著筆記本站在一旁，手臂上掛著深紅色臂章，上面以白字寫著「記者」。小佐內同學突然轉身躲到我的背後。動作還真快。那男人瞄了小佐內同學一眼，然後面無表情地對我問道：

「你們考上了嗎？恭喜你們。可以借用你們一些時間嗎？」

要訪問我？這樣啊。

我立刻面帶笑容回答：

「不好意思，我們等一下還有事。」

說完以後，我不等他回答就快步走向人潮，小佐內同學也緊緊地跟著我。我並不是特別討厭媒體，但我實在不想跟媒體扯上關係。小佐內同學應該也是這樣想的，不過走遠以後，她抬頭看著我，不安地皺著眉頭。

「小鳩……剛才那個人有沒有生氣？」

我也有點在意，所以稍微回頭看了一下。那個記者沒有執著地追過來，而是看著四周，似乎開始找尋下一個訪問對象。

「應該沒有。就算他生氣，妳就當作那也是他的工作吧。」

「……嗯。」

她點點頭，但表情還是一樣憂鬱。

克拉克博士給北海道大學的學生留下了一句「要成為紳士」，而我和小佐內同學也擁有類似的信念。這個目標和「紳士」有點像，但社會地位更低。「要成為小市民」。就是這樣。為了每天過得平靜安穩，我和小佐內同學都很努力地成為小市民。不過我們的方法不太一樣，小佐內同學習慣躲藏，而我都是用笑容打混過去。

一般的小市民會看電視，也會看報紙，但不會上電視，也不會上報紙，而且我沒興趣接受不知道會不會刊登出來的訪問。問題是，妨礙別人的工作以致遭人怨恨也不是小市民該做的事，所以看到那個暗粉紅風衣男人不以為意的模樣令我鬆了口氣。

話雖如此，我又停下腳步，轉頭看著校門。小佐內同學問道：

「怎麼了？」

「不，沒什麼。只是覺得逃跑的方向選得不好。」

我們從校門那邊逃過來，如果再從那男人的身邊經過會有些尷尬。我不喜歡尷尬。應該還有其他的路可以出去，但我不知道要怎麼走。我正在思考要怎麼做的時候，小佐內同學又躲到我的身後。

「……別動，小鳩。」

我疑惑地看看四周，隨即找到了原因。

想也知道，這裡有很多從我們學校來的考生，先前我也看到了很多熟悉的面孔。小佐內同學看到的就是這些考生之中的一人，那是她同年級的朋友。我明白小佐內同學想要躲在我背後的心情，她自己考上了學校，若是那女孩落榜，還真不知該怎麼反應。

對了，在校門會合時，小佐內同學報告自己考上的聲音比平時更細微，或許是因為想到周圍有落榜的人吧。真是的，雖然我也是志願當個小市民的人，但我完全比不上小佐內同學如此善解人意。我顧慮到小佐內同學的心情，所以依她的要求站著不動好一陣子。

榜單已經貼出來很久了，籠罩著人潮的熱烈氣氛也漸漸地冷卻了，但偶爾還是有人不如小佐內同學那樣體貼地發出歡呼聲。說到冷卻，氣溫也漸漸變冷了。就在我思索著差不多該離開，照著先前說好的去吃點熱食的時候……

「喂，那邊的那個傢伙。」

又有人叫住了我。聲音粗獷，而且很沒禮貌。小佐內同學頓時繃緊身體，我也嚇了一跳，不知道是什麼人。我沒想過會在這個地方突然被人稱為「那個傢伙」，但我還是溫和地轉過身去。

站在那邊的是氣質和聲音一樣粗魯的男生，肩膀寬闊，體格壯碩，身高也比我高。這人會出現在這裡自然和我是一樣年齡，當然也和小佐內同學一樣年齡，但這兩人站在一起合照簡直可以當作「營養狀態造成發育差距」的資料圖片。那人左右兩側的頭髮剃得很短，他的臉本來就有稜有角，再剃短頭髮簡直整顆頭都是方形的。我對他露出笑容，這不是演戲，而是真心流露。

「唷，竟然竟然。」

「什麼竟然竟然，這樣也算是打招呼嗎？」

「總比你那句『那個傢伙』更好吧。好久不見了，健吾。」

健吾只是哼了一聲，沒打算跟我客套。這也是應該的，雖然我和健吾認識很久了，但我們其實不算是朋友。

「你也來考船高啊？」

「嗯，是啊。」

「所以呢?考上了吧?」

「勉勉強強啦。」

健吾點頭說著「這樣啊」。健吾的表情不能說是厭煩,卻面色凝重地盤起手臂。

「只要是用到腦袋的事,你的表現想必不會太差……我們又要同校了。」

健吾也考上了嗎?那真是可喜可賀。

對了,小佐內同學很怕生,不用說,在男性面前當然更嚴重,而且健吾的氣質這麼陽剛,一看就是小佐內同學最不會應付的類型。她依然躲在我背後,縮著身子拉著我的毛外套下襬。我經常會想,小佐內同學如果隨身攜帶某種遮蔽物應該會比較輕鬆,像是大紙箱之類的。

我回頭望向小佐內同學,笑著說:

「這個人看起來很凶,但是並不可怕喔,小佐內同學。」

健吾的表情變得很難看。

「你說誰不可怕啊?」

「啊,抱歉。應該說很可怕嗎?」

「我的意思是別一開始就議論人家可怕不可怕。」

「說得對。嗯。抱歉。我沒有惡意。」

不過我越是努力地誠懇解釋，健吾的臉色越是詫異。

「你這傢伙……」

他說到一半就沒再說下去了。

因為健吾沒繼續說話，我只好幫小佐內同學介紹。

「小佐內同學，這位是堂島健吾，我們讀同一所國小。」

我介紹過後，小佐內同學才勉強站出來，低頭行禮。

「健吾，這位是小佐內同學，我們讀同一所國中。她是我的朋友。」

健吾非常注重禮儀，他放下盤起的雙臂，挺起胸膛報上自己的名字。

「妳好，小佐內同學。既然妳是常悟朗的朋友，一定很有耐心吧。我是堂島健吾，今後我們就是同學了，請多指教。」

這話說得真過分，而且我又沒跟他說小佐內同學也考上了。

可能是因為身高差距的緣故，小佐內同學比平時更畏縮地抬眼瞄著健吾。我本來擔心她不知道該怎麼應付，正想說些什麼打圓場，但小佐內同學僵硬的臉上露出了微笑，輕輕點頭。

如同說好的一樣，我們去到小佐內同學喜歡的咖啡廳裡喝熱飲。我點了咖啡，小佐內同學點了熱檸檬水和草莓塔。草莓塔的尺寸很小，像是袖珍蛋糕。

小佐內同學用雙手掌心捧著檸檬水的杯子，輕輕吐出一口氣。她脫下深紅色圍巾，放在腿上。她像是要溫暖凍僵的手指，手一直摸著杯子，許久以後才端起杯子喝了一口。她拿起叉子，切下一小塊草莓塔，送入口中，她平時那種略帶憂鬱的表情頓時充滿幸福，笑逐顏開。

「好吃嗎？」

小佐內同學點點頭。她吃了一口草莓塔，然後歪起腦袋。

「好吃。可是……」

「可是？」

她壓低聲音。

「我知道有一間店更好吃。」

「喔？」

我沒有很愛吃甜食，所以語氣自然顯得有些敷衍。不過我還是接著話題問道：

「在哪裡？」

小佐內同學的嘴邊浮出自然的微笑。

「是『愛麗絲』的春季限定草莓塔，上面有滿滿的草莓。我今年一定要吃到。」

滿滿的草莓。聽起來好像不怎麼好吃，不過小佐內同學只有在談到甜食的時候才會這樣微笑，我不忍心潑她冷水，就回答「真是令人期待」。

雖然小小的草莓塔不到十分鐘就吃完了，而我也喝完了咖啡，杯底只剩一點點。小佐內同學吃完草莓塔之後又恢復了憂鬱的表情，戰戰兢兢地問道：

「對了，小鳩。」

「嗯。」

「堂島是怎樣的人？」

這問題還真令人頭痛。我不太擅長用簡單一句話回答「是怎樣的人」這種問題，所以我反問：

「妳很在意他嗎？」

小佐內同學垂下眼簾，然後抬眼偷瞄著我。她大概是顧慮到我和健吾的交情吧。我面帶笑容等著她回答。

她用耳語般的細微聲音說：

「那個人……好像在勉強你。這樣說第一次見面的人實在不太好，但我覺得……那個人似乎很強硬。」

我明白她的擔憂。我們在這方面的感覺都很敏銳。事實上，健吾的個性確實多少有些強硬。

「是啊。如果他在我們沒見面的這三年都沒變的話，確實還挺多管閒事的。」

「……」

小佐內同學原本就不太開朗的表情變得更陰沉了，她一定覺得即將展開的高中生活蒙上了一團揮不開的烏雲吧。我了解她的心情，但我還是想幫健吾說幾句話。

「不用擔心啦，健吾是個好人。」

說完之後，我才發現自己說了蠢話。果不其然，小佐內同學微微地搖頭。

「如果他是好人就更麻煩了……因為他不會容許別人拒絕。你不是也說過壞人比較容易應付嗎？」

啊啊，是沒錯。

不過健吾並不是我們害怕的「好人」。他不是那種舉著正義的大旗把我們逼到角落的「好人」，當然他也不是壞人。我該怎麼解釋才好呢？

小佐內同學見我沉默不語，急忙說：

「你在思考要怎麼解釋嗎？沒關係啦，不用在意。既然你願意跟他當朋友，他一定不會對我的事指手畫腳吧。」

「……嗯。應該吧。」

我覺得自己回答得很沒誠意，一邊啜飲著只剩一點點的咖啡，小佐內同學也跟著喝了一口檸檬水。我和健吾的交情並不深，但我還滿欣賞他的，可以的話，我希望小佐內同學不要對他抱持著不好的印象。不過，嗯，這是小佐內同學自己的事，我也沒辦法干涉。

等到我們兩人的杯子都空了以後。

小佐內同學彷彿下定決心，堅定地說：

「小鳩，如果你有事想要逃避的時候，就把我當成擋箭牌吧。不用客氣，儘管用。」

我微笑著回答：

「當然，我會這樣做的。」

這是我們做過的約定，實在沒必要再強調一次。我可以把小佐內同學當成藉口，小佐內同學也可以把我當成藉口。我把小佐內同學當成擋箭牌，小佐內同學也把我當成擋箭牌。我們就是靠這個方法來維護平靜的生活。

沒錯。我們即將就要成為高中生，絕對不能放過這個機會。

我們要成為徹頭徹尾的小市民。

2

高中生活安穩地展開了。

學期剛開始時，每個人都在衡量局面，或是觀察環境，或是一邊摸索，一邊為建立人際關係擬定基本戰略。也有人一開始就打算勇敢地往前衝，但我看到這種人都會適度地保持距離。

隨著時間經過，同學們都逐漸地露出本性。那是在四月過了一半，某天放學後發生的事。

那天下了一整天的雨，地上濕答答的。我和小佐內同學一起從高一教室所在的四樓走下樓梯。

「市區裡……」

小佐內同學開口說道。

「開了一家新的可麗餅店。我正在期待。」

「正在期待？現在式？」

「嗯。我還沒去過，我不喜歡人擠人。我覺得現在客人應該還很多……」

我露出微笑。

「要一起去嗎？」

「你要陪我去嗎？」

我正想說「回家時可以順路去看看」，手機就震動起來。我拿出手機，發現不是收到訊息，而是有人來電。是健吾打的。我用肢體語言告訴小佐內同學「等一下」，接起電話。

「……健吾？」

電話另一端的健吾用響亮到超出必要的音量喊道：

『常悟朗？你還在學校嗎？』

「是啊，正準備回家。」

『我需要人手，快來幫忙。』

唔？他怎麼會突然找我幫忙？發生什麼事了？我才剛約了人，但又不好意思拒絕他，所以我用眼神詢問小佐內同學。小佐內同學稍微歪了腦袋。

「大概要多久？」

她如此問道。

「要多久？」

『這個嘛……大概三十分鐘吧。』

「三十分鐘啊……」

我又看了看小佐內同學。她有些悲傷地低下頭，但還是說「我會等你」。其實她大可自己先回家，既然她都說了要等，那就讓她等吧。

「好，三十分鐘可以。如果拖得更久就不太方便囉。」

『你還有事嗎？我不會拖住你太久的。你現在在鞋櫃旁邊嗎？那就到二樓東側樓梯來。』

電話掛斷了。我姑且問問看小佐內同學要不要一起去，如我所料，她只是輕輕地搖頭。

若從空中俯瞰，船戶高中校舍的形狀就像是把「工」字的一橫往右拉，再把另一橫往左拉。這兩橫分別稱為北棟和南棟，高一的鞋櫃在北棟校舍的門口，所以健吾說的二樓應該是北棟的二樓。

至於東側樓梯在哪裡呢？因為校舍取名為北棟和南棟，很容易就能分辨哪邊是東側，而且樓梯間還很貼心地標上「1F-W」、「3F-E」等字樣。

我一到指定的地點，就看見身穿深綠色學校運動服的健吾盤著雙臂站在那邊，身旁還有兩個男學生和一個女學生。其中一個男學生和健吾一樣穿著運動服，另一個人穿著和我一樣的立領制服，女學生則是穿著水手服。穿制服的男生和穿水手服的女生各自在衣襟和胸前別著徽章，一看就知道是高一生，所以穿運動服的那個想必也不會是高年級的。

四個人的臉色都很凝重。我忍不住說道：

「怎麼這麼嚴肅？」

健吾同樣板著臉。

「就是啊。」

「你要找我幫忙？」

「嗯嗯。」

健吾點點頭，放下雙手。

「我想請你幫忙找一個斜背包。」

斜背包啊。

這個斜背包應該不是健吾的東西吧。我望向站在健吾背後那個穿水手服的女生，以貌取人不太好，但我真覺得這個女生好像少了根筋。她的五官優雅漂亮，要比喻的話就像是柔弱的傳統日本美人吧。不過光看柔弱這點的話，她還比不上小佐內同學。

健吾發現我在看那個女生，就點頭說：

「是她的斜背包。被人偷走了。」

……哎呀，那還真糟糕。

在學校遭竊並不是罕見的事，糟糕的是這件事被健吾知道了。健吾盤起雙臂，握緊拳頭，皺起方正的臉孔。

「沒想到會有人做這種無聊事。竟然偷女生的包包。」

「無聊事？」

我這麼一問，健吾就惡狠狠地瞪著我說：

「怎樣？」

「呃，沒有怎樣啦……」

我試著含糊帶過，但健吾沒有就此罷休，他抬起下巴，一副「你說啊」的態度。我無可奈何地說下去。

「如果包包裡面有錢，那就不只是無聊事，而是犯罪行為了。」

「就算裡面沒有錢也是犯罪行為……不過你說到重點了。吉口，包包裡面有值錢的東西嗎？」

吉口就是遭竊女學生的名字。吉口同學用一種跟外表截然不同的果斷語氣回答：

「沒有，包包裡面只有護唇膏、原子筆、剪刀之類的東西。啊，還有行事曆。」

「就這樣？」

「嗯，就這樣。沒有其他東西了。」

看他們親暱交談的模樣，說不定吉口同學和健吾是同一所國中畢業的。總之包包裡沒有值錢的物品。這麼說的話……

不對，又沒有人叫我來想事情，既然如此，那就別想了。健吾只說了要我來幫忙。我逐次打量站在一旁的兩個男生，然後向健吾問道：

「我現在知道包包被偷的事了，不過你找這麼多人來做什麼？」

「……你還真配合。」

我聳聳肩。健吾皺了一下眉頭，但又立刻恢復正常。

「你說被偷？真的是這樣嗎？現在還不確定，說不定是被藏起來了，所以我想先在學校裡搜搜看。」

原來如此。他想得很周到嘛。

這麼說的話，除了女生之外的兩個人就是來當搜索隊的吧？他們可能都像健吾一樣愛管閒事，再不然就是被拉來的。我仔細觀察，其中一人的體格壯碩得像是有在練柔道或某種武術，另一人體格中等，嘴邊掛著一抹卑微的笑容。

「就是這樣，你一起來幫忙吧。」

聽到健吾這麼說，我笑著回答：

「喔喔，好啊。這點小事沒問題，應該用不著三十分鐘吧。」

我說完以後，吉口同學轉頭看著我。

「謝謝。呃……」

「我叫小鳩」

「小鳩同學。」

不用客氣，只不過是舉手之勞。

「對了，吉口，妳的包包長什麼樣子？」

健吾問道。吉口同學比出一段長度，大概三十公分寬。以側背包來說算是挺大的。

「差不多這麼大吧……是深紅色的，背帶很細，內裡是白色的。」

我本來只打算安靜地聽，卻忍不住開口問道：

「是什麼時候不見的？」

「第六堂課去上體育課的時候還在，回來的時候就不見了。」

原來如此。那應該不是不小心掉在某處吧。

「唔……紅色和白色……」

健吾喃喃說道，摸著下巴頻頻點頭。

「……好，那就開始找吧。我找一樓，下村找三樓，二樓就拜託常悟朗了，高田找四樓。」

從他們回應的順序來看，下村是面帶笑容的那位，高田則是壯碩的那位。他們兩人走上樓梯，健吾再次對我說了句「拜託囉」就走掉了，只剩我和吉口同學留在原地。開始搜查之前，我向吉口同學寒暄幾句。

「妳是吉口同學吧？事情真不妙呢。」

她用細微到幾乎聽不見的聲音回答「嗯」。我還是一樣客氣地說：

「關於包包的事，是不是健吾……是不是堂島擅自決定要搜索的？」

吉口同學聽到我這句話，表情似乎稍微放鬆了一點。她輕輕地嘆了一口氣。

「不是，他沒有勉強我。他願意幫忙找，我很感謝他，而且我的確為了包包不見的事而煩惱。不過，搞得這麼大張旗鼓實在有一點……讓三個男生來幫我找包包，好像我很會討好男生的樣子，這樣不太好。」

正確地說，她應該是擔心被其他同學認為她很會討好男生吧。看來這個女生也是跟我們同一國的。願榮耀與和平歸於我們小市民俱樂部。

我聳聳肩膀。

「妳不需要覺得抱歉啦，找我們來的又不是妳，而是健吾。那妳就負責找男生不能去的地方吧。」

我也要開始找了。如果能快點找到，就不會讓小佐內同學等太久了。

我負責的二樓主要是三年級的教室。如果吉口同學的包包是被人故意藏起來的，不太可能會藏在三年級的教室。

如果東西不在教室，能找的地方就很少了。船高的置物櫃都是在教室後方，走廊只用來走路，所以東西很少。既然我受人所託，還是要仔細地找過一遍。飲水機後方，男生廁所。東西明明就不可能藏在那些地方。

包包若是被偷的，很難判斷小偷是男是女，如果是被藏起來的，多半不是男生做的，而女生也不可能跑進男生廁所。飲水機後方就更不用說了，那個空間根本藏不下包包。

我從北棟二樓的東側走到西側盡頭，雖然我發揮了百分之百的觀察力，還是沒有找到可能藏東西的地方。我走回來一小段路，從鋼筋裸露的穿廊走到南棟。仔細想想，鋼筋後面倒是挺適合藏東西的。我想到這點，又走回穿廊。穿廊旁邊有窗戶，可以看到中庭。

我先蹲低，看看鋼筋後方，接著又站直，伸長脖子觀察鋼筋後方。船高的走廊和教室都鋪著油氈材質的地板，穿著室內鞋走在上面都會嘎吱嘎吱地響。真叫人厭煩。

調查穿廊耗費的時間比我想像得更久。我看完南棟之後，又從穿廊回到北棟。二樓走廊已經沒有地方可以找了，只剩三年級的教室和上了鎖的空教室，但是兩者的可能性都很低。健吾該不會還是叫我去找吧？

我很想確認已經過了多久，但是我今天很不巧地忘了帶手錶。我正要拿出手機看時間，就發現有人打電話來。是健吾打來的。因為我切換成靜音模式，所以沒有注意到。我一邊祈求不要是急事，一邊撥打出去。

打出去不到一秒，健吾就接了起來，立刻爆出一句怒吼。

『是高田嗎！』

拜託看一下來電顯示嘛。我一邊如此想著，一邊平靜地說：

「……不，我是小鳩，抱歉。」

電話另一端清晰地傳來嘆氣聲。

『是常悟朗啊。你現在在哪裡？』

「二樓穿廊。二樓我全都找過了。」

『我知道了，那就先會合吧。我過去找你。聽好了，絕對不要亂跑。』

幹麼特地叮嚀我？既然他叫我別亂跑，那我就乖乖待著吧。

「好的。」

『我立刻過去。』

健吾丟下這句話，就掛斷了。因為他叫我等著，所以我就聽話地等。小佐內同學此時也像這樣在鞋櫃前等著嗎？

健吾那句「立刻過去」說得沒錯，他不到一分鐘就來了。我看他臉色非常嚴肅，忍不住問道：

「怎、怎麼了？」

「沒什麼……高田到處亂跑，我抓不到他。」

他說的高田，應該就是搜索隊裡穿運動服的那位吧。

「抓不到？」

我突然發現，健吾的呼吸變得有些紊亂。

「我剛才打電話跟他說我已經找完了，準備跟他會合。可是那傢伙連約定地點都沒聽清楚就急急忙忙地掛斷電話，也沒有去我指定的地點。我又打電話過去，問他現在在哪裡，他一下子說三樓，一下子說四樓，一下子說西一下子說東，一下子說北棟一下子說南棟，不停地跑來跑去。」

「喔……」

我的腦海裡浮現出畫面。像娃娃屋一樣從中剖開的船高校舍模型裡，健吾和高田到處跑來跑去找尋彼此。我感覺好像看過類似情節的小短劇。

「……你幹麼笑嘻嘻的？」

「喔，沒有啦，沒什麼。那還真是糟糕。」

健吾哼了一聲。

「對了，不是還有一個男生嗎？」

聽我這麼一問，健吾就不屑地說道：

「你說下村啊，他先回家了。我們一分開他就立刻跑掉了。」

「哇……」

我又看看手機顯示的時間。哎呀，正好過了三十分鐘。看來已經沒我的事了，我也該走了。我正想開口說話，健吾就抬手制止我。這是叫我先等一下嗎？似乎有人打電話來。健吾打開震動的折疊式手機，接聽電話，用一種讓我明白了原來剛才就是這種情況的凶惡語氣吼道：

「高田，聽好了，待在那裡別動！你可別掛我電話，混帳！」

健吾乍看是個單純耿直的人，但他其實很少像這樣大呼小叫。不，說不定他在這三年間有所改變，但據我所知他並不是這種人。都是因為高田沒有用心溝通，才害得健吾四處跑。

「現在嗎？在穿廊。二樓。我已經和常悟朗……和小鳩會合了。你也……什麼？在外面？」

健吾一邊說一邊走到窗邊。

我跟著一起往外看，發現有個男生站在校舍門口附近，把左手貼在耳邊，朝著我們大大揮動右手，拚命地示意「我在這裡」。我含糊地想著，換成是我一定沒辦法在眾目睽睽之下做出這種舉動。

「我看到了。聽好了，別掛斷。你現在來北棟二樓的東側樓梯，就是剛才和吉口他們集合的地方。聽到了吧？不要再跟我玩捉迷藏了。」

電話掛斷後，健吾表情苦澀地說：

「高田那傢伙，竟然說『那是我要說的話』。」

之後我們在一開始的地點集合，不過下村已經開溜了。吉口同學檢查過一遍之後就一直待在這裡。高田氣喘吁吁地跑回來，運動褲的褲腳都濕了。我有點在意時間，但是現在好像快要解散了，我乾脆待到最後吧。

眾人先各自回報情況，但是唯一的收穫就是發現沒有一個人有任何可以回報的收穫。如果健吾還想繼續搜，我就得開口要求他讓我先走了，還好他們的結論是再搜下去也沒用。

健吾盤起雙臂，不高興地沉吟著。

「如果再找不到，就只能報警了。」

「報警！太誇張了，應該先報告老師吧。」

高田愕然地叫道。健吾像是在說理似地緩緩說道：

「我不知道船高的訓導處會不會管這種事，但我覺得說了大概也沒用……現在有人東西被偷了，這可是貨真價實的竊案。雖然我不認為守法比較了不起，但我實在看不慣偷女生包包的傢伙。」

就算偷的是男生的包包，健吾大概也看不慣吧。

如果要問我意見的話，我不贊成健吾的提議。身為小市民，怎能和警察扯上關係，開什麼玩笑嘛。不過，假如訓導處不會為了一個包包做什麼，那警方就更不可能做什麼了，所以我不需要堅決反對。反正不關我的事。雖然這樣說有點難聽，但事實就是如此。

我覺得吉口同學也不會同意，如果吉口同學是如我所想的小市民，那她也不會想要去找警察的。但是我猜錯了。

「嗯，我也打算報警。」

沒想到她這麼在乎自己的東西被偷。聽到吉口同學贊成，健吾點頭說：

「我不想潑妳冷水，但我覺得警察不會為了一個包包而出動。」

喔？那健吾又為什麼打算報警？

「不過校方知道有人報警，應該就會有動作了。如果校方採取行動，小偷就會受到壓力。既然要做就早點做，明天就去報警吧。」

真是有趣。我忍不住開口說：

「你很懂嘛，健吾。」

健吾沒有露出自滿的態度，稀鬆平常地說：

「我在國中做過類似的事。」

那還真厲害。

不過我總覺得有些不安，新生活才剛開始，就為了一個包包鬧到師長那邊去，以我信奉的生活圭臬來看，這簡直是個糟糕的玩笑。我想要自己一個人脫身也不是不行啦……該怎麼辦呢？

總之今天先觀察一下情況吧。我看看手機顯示的時間，約定的三十分鐘早就已經過了。

3

小佐內同學依然站在校舍前面等我。她已經等了超過三十分鐘。

「對不起，我被拉去做些莫名其妙的事，讓妳久等了。」

小佐內同學慢慢地搖頭。

「沒關係，我喜歡等人。」

我最近也開始喜歡了，因為等人時完全由對方負責行動。不過我不太喜歡讓人等。小佐內同學小聲地問道：

「現在還可以去嗎？」

「妳說可麗餅店啊？可以啊。不過，我可以先跟妳談談嗎？我有些事情想要問妳。」

小佐內同學露出驚訝的表情。

「什麼事？」

「我還是從頭開始解釋吧。」

我循序漸進地說起這三十分鐘發生的事。

「唔……」

我說完以後，小佐內同學發出呻吟般的聲音。

「怎麼了？」

「我對堂島……」

「妳怕他嗎？」

「不是的。雖然跟這個人在一起似乎很麻煩，只要能保持距離，我倒是對他很感興趣。」

我露出苦笑。

「或許這才是最適合和健吾相處的方式吧。對了……」

我看看四周，確定健吾和高田和吉口同學都不在，才說：

「我想要在健吾報警之前做些什麼。我不喜歡把事情鬧大。」

「我了解，不過……小鳩。」

「嗯。」

小佐內同學睜大眼睛。

「你、你想要當偵探嗎？」

怎麼可能嘛。我用力搖頭。

「沒有啦，我只是想要找出包包，偷偷送回吉口同學的教室。這樣我既不用出面，他們也不需要報警，不會有問題的。」

「……是嗎？」

小佐內同學還是一副難以釋懷的樣子。

「小鳩，這樣真的好嗎？你們五個人找了三十分鐘都沒有找到，或許包包已經不在學校裡了。」

嗯，這就是問題所在。我說出了自己在離開健吾等人走回這裡的途中想到的事。

「是這樣沒錯，不過依照我的想法，這件事只要靠目擊者證詞就能解決了。」

「目擊者……你說誰啊？」

「我想先問妳一個問題。高田似乎故意拖著健吾到處跑，沒錯吧？」

小佐內同學點頭，沒有半點驚訝的神情。

「嗯。」

她這態度像是在說：「所以呢？」

校舍又不大，健吾和高田卻像在演小短劇一樣不斷地錯過，怎麼想都很奇怪。話說回來，高田三番兩次連約定地點都沒聽清楚就掛斷電話，簡直比跑腿的冒失鬼更誇張（註2）。健吾一定是太生氣了才沒發現，或許高田根本不打算跟他會合。

2　出自日本童謠「あわてん坊のおつかい」的歌詞，說的是幫人跑腿卻不仔細聽清楚要去哪。

此外……

「奇怪的地方有兩點。」

「兩點？不是只有一點嗎？就是他為什麼要讓堂島在學校裡到處跑。」

這一點當然也包含在內。我微笑著點頭。

「另一點是高田為什麼要特地跑出去揮手。在學生們紛紛離校的時候，他對著校舍不停揮手，讓我覺得不太對勁。」

既然我覺得不對勁，小佐內同學應該也會覺得聽起來怪怪的吧。但是小佐內同學卻反駁說：

「不過，有些人的肢體語言就是特別豐富。」

「也是啦……不過他不需要跑出去吧，明明可以用手機聯絡，他何必特地做這麼大的動作？」

聽我這麼一說，小佐內同學就陷入沉思。有很多正要放學的學生用好奇的目光看著親暱交談的我們。如果以自私的角度來看，向大家宣傳我們兩人的密切關係對將來比較有利，不過受人矚目還是讓我有點不好意思。我拉著小佐內同學走到不遠的保健室前面。

然後小佐內同學斷斷續續地說：

「……他是想要揮手嗎？是想要穿鞋子嗎？反過來看，是想要脫掉室內鞋嗎……？」

「我不這麼想。」

小佐內同學抬頭仰望著我。

「小鳩，你想到了什麼？」

我抓了抓臉。

「嗯。」

「這樣啊……小鳩，你果然還是推理了。」

我為之語塞。小佐內同學的語氣冷冰冰的。我急忙說道：

「沒有啦，不是這樣啦。」

聽到我這麼說，小佐內同學就轉開視線。我莫名地感到懊悔，為了揮開這種情緒，我接著說：

「呃，然後，高田跑到外面揮手，就能掩飾他先前去了哪裡。」

「……？」

「也就是說……嘿，小佐內同學，我剛才說過高田和健吾都穿著運動服吧。」

「嗯，你是這麼說過。」

「今天一直在下雨，外面濕答答的。如果高田沒有依照安排去四樓，瞞著健吾跑到校舍外，而且是為了趕緊做某件事而用跑的……」

小佐內同學微微點頭。

「原來如此。所以他的褲腳才會弄濕。」

「高田很擔心會合之後會被我們發現運動褲的褲腳濕了，不過衣服濕掉之後不容易弄乾，所以他看準時機，刻意向我們展示褲腳是因為剛才跑到外面才弄濕的。除此之外，我想不出他有其他理由要跑到校舍外。」

我停頓片刻，又繼續說：

「而且健吾打電話過去時高田並不在四樓，可見高田多半一直在校舍外。為了謹慎起見，最好還是要有證詞。高田想抓準讓健吾看見的時機，就必須一直待在校舍門口，我說的目擊者就是看到他站在校舍門口的人。」

小佐內同學點點頭，然後愕然地指著自己。

「啊？」

我笑著說：

「是啊。我有事要問妳這個目擊者。妳在門口等我的時候，有沒有看到一個穿運動服的男生不斷地在講手機？」

小佐內同學若無其事地回答：

「有啊。他穿著體育服，體格很壯碩。」

中獎了。

「那就錯不了了。我想吉口同學的包包應該就藏在校舍周圍，多半是有屋頂的地方。」

「健吾說過包包可能是被偷走，也可能是被藏起來。如果是被偷的，那就是為了利益，如果是被藏起來，那就是出於惡意。」

我走在到處積著水窪、濕答答的柏油路上，一邊說道。

「……高田是出自惡意而藏起吉口同學的包包嗎？」

「這樣不太合理。如果是出自惡意，何必藏起來呢，直接丟進垃圾桶還比較有效果。」

「他也不是為了偷東西吧？如果是要偷走，他大可直接回家，沒必要加入搜索隊。」

剛才我已經找過鋼筋後面和飲水機的後方，我們現在找的是屋簷下的花盆和植物的後方。一個人做這種事很可疑，但兩人一起做，看起來就像是有什麼理由。這也是和小佐內同學一起行動的好處之一。

「小鳩，你怎麼想？」

「唔……我覺得除了偷走和藏起來之外還有另一個可能性，就是做手腳。」

「做手腳？」

「譬如在包包裡放進某樣東西，或是從包包裡拿出某樣東西。因為過程有些麻煩，不能半途停止，所以必須暫時把包包從吉口同學的身邊拿走。我把這種行為稱為做手腳。」

也就是說，那個人有打算把包包放回去。既然打算還回去，就不可能在雨天裡把包包亂丟，一定會放在有屋簷的地方。如果那人會把東西還回去，我們就沒必要悄悄地做什麼了，不過那人若是花太多時間做手腳，拖過了明天傍晚，健吾他們就會去報警。與其如此，還不如由我們找到比較好。

至於那人究竟想要做什麼手腳，我就不知道了，但我多少有些揣測。小佐內同學喃喃說著「或許吧」，然後就默默地專心搜索。

我們繞到校舍後方。

一眼望去，這裡有個可疑的東西。那是一間小屋，外面貼著「瓦斯桶倉庫，嚴禁煙火」。小屋的鐵門是關著的，不過門扉和水泥地之間有很大的空隙。我向小佐內同學使了個眼色，朝小屋走去，一邊注意濕濡的地面一邊蹲下去，結果真的被我猜中，我看到瓦斯桶後面有一條白色的帶子。我把手伸進去抓住帶子，拉出了一個小小的紅色斜背包。

我把包包拿給小佐內同學看。

小佐內同學的表情不像是由衷感到開心，但她還是以開朗的表情拍手幾下。

「真了不起，小鳩。」

我感覺自己的臉頰熱了起來，但不是因為開心。

我蹲在地上舉起包包，小佐內同學也稍微屈膝，頻頻打量那個包包。

「你要打開看嗎？」

「我不想這麼做，但我必須先看過才知道要怎麼處理，沒辦法了。」

我在心中默默地對吉口同學道歉，然後打開包包。

她說過包包裡面沒有放太多東西，但我看了才發現東西還不少，有幾支不同顏色的原子筆，還有幾支螢光筆，行事曆有兩本，不知道是用來做什麼的，但我還不至於想要翻開來看。因為我聽吉口同學說過包包裡面有剪刀，所以摸索時很小心，結果找到的剪刀就像玩具一樣，前端是圓圓的，大概是用來剪大頭貼的吧。此外還有護脣膏，以及小鏡子。

我拿出這些雜七雜八的東西，最後找到的是……

「……是這個吧。」

那是一個水藍色的信封，不，應該是土耳其藍。收件人的名字是「吉口同學」，翻過來一看，後面寫著「高田容一」。

「這是什麼啊？」

我壓根沒想到會翻出這種東西。其實我本來想到的是竊聽器之類的東西，好比說，割開內裡，把竊聽器藏進去，再縫起來。這東西怎麼看都只是普通的信封。我想要透過光線窺視裡面，但現在是陰天，光線不夠強，所以什麼都看不到。

小佐內同學不管我的困惑，自顧自地說著：

「喔……」

看她一副了然於心的樣子，我正想問她想到了什麼……

「你這傢伙！」

一個氣急敗壞的聲音傳來。我訝異地回頭。

「哎呀，真不巧。」

我不禁喃喃說道。出現的是高田。他露出憤怒的表情，整張臉都脹紅了，如果隨便刺激他搞不好會挨揍。我發現小佐內同學立刻躲到我的背後。高田看到我拿在手上的斜背包和信封，就氣憤地叫道：

「你叫小鳩是吧，竟然偷看別人的包包，到底想幹麼！」

這下子糟糕了，要是應付不好說不定就要動手了。我不喜歡扯上警察，也不喜歡暴力，尤其是自己就是當事人的情況。

最令我頭痛的是沒辦法逃跑，如果我逃跑，就等於跟高田鬧翻，三年高中生活才剛開始，我可不想急著給自己樹敵。高田跨著大步朝我走來。我望向他的腳，心想他運動褲的褲腳確實濕了。

我手上的斜背包和信封突然被搶走……是從後方被搶走的。小佐內同學的手從後面伸過來，拿走了我手上的東西。

我完全沒料到會發生這種事，高田瞪大了眼睛，彷彿現在才注意到小佐內同學。

「妳幹麼？」

「……我叫小佐內，我是小鳩的朋友。」

高田看到小佐內同學用細若蚊鳴的聲音報上姓名，只是哼了一聲，大概覺得像她這樣的人不足以為懼吧。他正想往前走，小佐內同學卻尖聲制止：

「請不要動！」

人看到松鼠發威時或許就是這種表情吧。高田不由得愣住，臉上沒有半點殺氣。小佐內同學把斜背包和信封抱在懷裡，說道：

「如果你再靠近……」

她會怎樣？

「那我就要逃走。我會逃到有人的地方，找到吉口同學，把這個交給她。你不怕嗎？」

「……」

高田默不吭聲。這兩人賽跑的話一定是高田比較快，但他應該不會用蠻力從小佐內同學的手上搶回東西吧。而且小佐內同學若是逃走，我一定會攔住高田，因為我們之間有過約定，我不得不這麼做。所以請妳別逃啊，小佐內同學。

他們兩人互瞪了好一陣子。

高田似乎在思索最好的解決方法，最後他認命地嘆氣。

「好吧。是我不對。」

我感覺到小佐內同學整個人都放鬆了，我也鬆了一口氣。接著小佐內同學走向高田，我還不明白她想要做什麼，結果她竟把手中的兩樣東西遞了出去。

「咦？」

發出驚呼的是高田。他一臉不敢置信的樣子，看看我們，又看看接過來的東西。小佐內同學把斜背包和信封交給高田以後，又躲到我的身後，在我的掩護下，用高田勉強能聽見的細微聲音說：

「那是情書對吧？因為你不敢當面交給吉口同學，才要放在她的包包裡，但你做完就後悔了，覺得這樣不好，打算把東西拿回來，此時正好有人回來，你只好把包包一起藏起來，對吧？」

我察覺到高田全身都僵了。我知道小佐內同學的想法了，也知道她確實說中了。

高田趁著吉口同學不在的時候，把那個信封——那封情書——放進她的斜背包。他想把情書交給吉口同學，但他又後悔了，因為這不是光明正大的行為。一般人發現別人偷偷把東西放進自己的包包裡都會生氣的，更不要說接受告白了。高田察覺這一點，想要把信拿回來，但是要從雜亂的物品中翻出最下面的信太花時間，他一急之下就把斜背包藏了起來。放學後，他為了瞞過健吾率領的搜查隊，所以加入了搜索的行列，藉機把包包從原本藏匿的地方移到校舍外。大概就是這個情況吧。

至於那封信，除了情書之外也可能是其他的內容，過程大同小異，不過他本人的態度已經表明了真相。

小佐內同學又從小小的軀體擠出聲音，繼續說道：

「我認為做出這種事的人沒有資格批評小鳩偷翻人家包包的行為。」

我還以為高田又會生氣，但他彷彿整個人洩了氣。看到他這副模樣，連我都沒力了。

高田以自嘲的語氣說道：

「是啊，我做了蠢事，因為一時衝動……」

「你明白就好。那我們要先走了。」

小佐內同學說完以後就拉著我的制服下襬往後退。看來事情已經順利解決，我也鬆了一口氣。我正想轉身離開時，高田用悲傷的語氣說：

「可是，你們應該可以理解吧？既然你們互相喜歡，應該懂我做這種事的心情吧？」

我們看了彼此一眼。

……有時還是該說些場面話的。我們彷彿說好似地同時點頭，然後轉身快步離去。

新開的可麗餅店對我來說口味太甜了些。我的巧克力香蕉可麗餅還剩下一大半，正在煩惱該怎麼辦的時候，小佐內同學對我說：

「對了，小鳩，你們在找包包的時候，高田大可假裝自己找到了包包，直接還回去，為什麼他會堅持事後再偷偷歸還呢？」

我發現小佐內同學已經把整個蘋果果醬可麗餅吃完了，真厲害。我只從自己的可麗餅上舔了一些鮮奶油，然後說道：

「如果是妳會這樣做嗎？」

小佐內同學看著上方沉思好一陣子，然後不好意思地說：

「應該不會吧。這樣太刻意了……應該說，這樣臉皮未免太厚了。」

「……高田大可趁著放學後把斜背包移到校舍外的時候拿回那封信。他之所以覺得沒必要立刻拿回來，或者該說顧不得拿回來，或許是他更怕被人發現小偷就是他吧。」

因為健吾擺明了一副不肯善罷甘休的模樣。我想起健吾那義憤填膺的神態，就忍不住笑出來。

吉口同學明天不會去報警的，高田一定會在今天之類把斜背包放回她的置物櫃。這件事已經和我沒關係了，但我還是想要為高田行動順利而祈禱。高中生活還很漫長，他今後應該會找到其他機會吧。

電子音效響起。我的手機收到訊息，是健吾傳來的。

『找到包包了，但沒找到小偷。』

那真是太好了。最好的就是大事化小，小事化無。我把手機關機了。

已經吃完可麗餅的小佐內同學一副沒事做的樣子，她看著窗外的街景，喃喃說道：

「嘿，小鳩……你懂嗎？想要把情書交給對方，正好碰到機會，就忍不住偷偷藏到對方私人物品裡的那種心情。」

「……」

小佐內同學說話的時候，我的腦子裡只想著這可麗餅實在太甜了。

「他說我們應該可以理解……」

還是放棄吧。雖然對小佐內同學不太好意思，但我真的吃不下。我放下巧克力香蕉可麗餅，嘆了一口氣。

「我不懂。我跟那種情境完全扯不上關係。」

如果我們真心想要明白，今後或許會有明白的一天，但現在的我根本不在乎這種事。

如果我以平常的速度吃完可麗餅，或許小佐內同學也不會想到要問這個問題吧。

黃昏降臨在街道上。

「是啊……我也一樣。」

小佐內同學仍望著窗外，夕陽把她的臉映照得紅通通的。

For your eyes only

1

有些時候會讓人覺得，現在是最棒的一刻。不是從長久看來一再出現的巔峰之中的一次，而是空前絕後的精彩一刻。我們都很嚮往這種時刻，衷心期盼至少能見識一次，因為我們沒有辦法自己打造出這種時刻，只能等著別人為我們創造出來。

然而這一刻卻始終沒有到來，所以我們只能為自己找尋一些慰藉。「只有現在」、「只有這裡」、「只有這個」，我們會被這些詞彙吸引也是無可厚非，至於「只有你」這句話的效力更是強大到百試百靈。

為此，如果發現手機收到標題為「For your eyes only! 只偷偷給你一個人看」的郵件，尤其手機的持有者又是年輕氣盛的高一生，鐵定會立刻打開來看的。這是出自一種憧憬著美麗預感的心態，是一種十分高尚的反應。

就在我打算解釋卻想不到比較好的說法、什麼話都說不出來時，小佐內同學紅著臉喃喃說道：

「原來小鳩也會看這種信啊。」

接著又說：

「……我不在意啦。」

從後面偷看人家的手機內容是很不可取的行為，但小佐內同學本來就常常站在我身後，會看到我的手機內容也很正常。換句話說，看這種垃圾信卻沒有靠在牆邊是我自己不好。我還想解釋些什麼，小佐內同學就走開幾步，紅著臉讀起義大利料理的食譜。

開學已經一個月了。我和小佐內同學到現在都沒有參加任何社團活動，只要一放學就立刻走人。在回家的途中有一間大書店，店面十分寬敞，但裡面賣的都是一般的書，沒什麼意思，不過我們回家途中還是會進來逛逛。放學後帶著小佐內同學一起來這裡白看書已經成了我的新習慣。

小佐內同學非常專注地盯著義大利食譜，我看得出來她很努力地忽視我。我嘆了一口氣，收起折疊式手機，隨意翻著雜誌。有一本雜誌的封面上大大地印著《春之京都・小旅行》，我很喜歡「小旅行」這個詞，就拿起來看，正被照片中色彩鮮豔的京都蔬菜引誘得垂涎欲滴時，正後方傳來了細語聲。

「那個應該很貴吧。」

我回頭一看，說話的是低著頭的小佐內同學，她此時明明盯著食譜……罷了，如果我現在還會被小佐內同學無聲無息的動作嚇到，根本沒辦法跟她待在一起。我露出笑容說：

「沒事的，我不會在不對的地方亂按的。」

「不對的地方……？」

小佐內同學又走開了，接著她翻開蛋糕食譜，臉靠近得都快埋進書裡了。我偷瞄著她的舉止，一邊翻頁，眼前頓時出現了像豎在兩面鏡子之間的鳥居。這是伏見稻荷大社吧？我正在為這美景著迷時……

「嘿，小鳩。」

小佐內同學又站到我背後了。為什麼要在後面呢？在旁邊說不好嗎？

「關於剛才的信件……」

她明明說了不在意的。因著邪惡好奇心而看了垃圾信真的是需要受到如此譴責的大罪嗎？我坐立不安地在店裡四處觀望。有沒有什麼好方法能逃跑呢？

「喔！」

我對自己平日的德行沒什麼信心，但今天倒是挺走運的，在一排低矮書櫃的後方，靠近店內另一側的牆邊，有一張我熟悉的面孔。正盯著漫畫櫃的那個人是……

「喔喔，那不是健吾嗎？我去打聲招呼吧。」

我像在念台詞一樣刻意地說完，就視若無睹地甩開了正想說話的小佐內同學，朝著健吾走去。

健吾一看見我，就招手要我快點過去，不知道是為了什麼。健吾沒事會給我這種好臉色看還真奇怪。要說奇怪的話，健吾會出現在漫畫區也很不尋常，據我所知，健吾是不看漫畫的。

健吾盤起雙臂，稍微皺著眉頭。我一邊暗自揣測他找我有什麼事，一邊輕鬆地說道：

「嗨，會在書店碰到你還真難得。你在找什麼書？」

健吾凝視著我，以粗厚的聲音說：

「喔，我也不知道自己要找什麼……你的腦袋應該不錯吧？」

「幹麼突然這麼問？」

我有些錯愕，但健吾絲毫不以為意。

「如果你知道哪本漫畫比較好看，就幫我推薦一下吧。」

喔？我還以為健吾是個對虛構作品沒興趣的硬派，他竟然想看漫畫？為了這種事搞得這麼凝重也太誇張了吧。他的請求簡單到讓我有點傻眼，但我還是笑著答應。

「喔喔，好啊。」

我對漫畫沒有研究，但還是有辦法隨便推薦幾套。或許不該一下子就推薦太天馬行空或是性別轉換之類的作品，運動類的可能比較好，我拿起附近的一本漫畫，雖然沒什麼新意，但是簡單易讀，集數也不多，比較容易買得下手。

不過健吾注視著我手中的漫畫，歪著頭說：

「常悟朗，這本很厲害嗎？」

「你想要找畫得比較好看的嗎？」

「……或許吧。」

「或許？太含糊了吧。」

「我已經說過了，我也不知道自己要找什麼。」

那我就更不可能知道了。如果想看畫得比較好看的，應該要找青年漫畫。我從書櫃裡抽出兩本青年漫畫雜誌，順便加上一本少女漫畫雜誌。

「你看這些怎麼樣？」

「唔……」

健吾一臉嚴肅地接過漫畫，發出沉吟。如果他打算看，我得先提醒他裡面會有些比較離譜的情節，但健吾用力地點頭說：

「的確，看起來比剛才的更精美。」

「有些作品只有封面比較精美。」

「對了，你也懂畫嗎？」

啊？

「你說的應該不是漫畫，而是藝術領域的那種畫吧？」

「是啊。」

「怎……」

我本來想說「怎麼可能」，但又把話吞了回去。

「……知道哪個漫畫家畫得好看，應該跟審美觀沒什麼關聯。」

「是嗎？」

「我覺得印象派不錯。」

這句話是用開玩笑的語氣表示我只擁有小市民程度的鑑賞能力，但健吾似乎很感興趣。

「喔？會覺得那種的不錯，應該就比我好了。」

……如果要跟他比，我確實比較好。健吾想了一下，說道：

「我有個關於畫的問題，需要借用你的智慧。」

「智慧啊……」

我朝食譜區瞄了一眼，剛好和單手拿著蛋糕食譜望向這邊的小佐內同學對上視線。

「我沒有足以借給你的智慧，要借我的力量倒是沒問題。」

「借用你這弱雞的力量也不能幹麼。總之你先看看那幅畫，詳細情況到時再跟你說。」

說我是弱雞也太過分了。別看我這樣，我體能測驗大多項目都能達到平均值喔。不過還是比不上健吾。

總而言之，和鑑賞一詞毫無瓜葛的健吾似乎想要做什麼，這令我有些好奇。要不要借他智慧，可以等我了解情況之後再做決定。

「喔喔，好啊。」

健吾點頭。畫放在學校裡，所以健吾跟我約好明天放學以後傳訊息聯絡我。他似乎對漫畫失去興趣，跨著大步離去。我自己又把剛才拿出來的三本漫畫雜誌收回去。

我再次望向食譜區，想要找小佐內同學，卻沒看見她的蹤影。我心想，她那麼嬌小，一下子就會看丟，正想回去找她，突然聽到奇怪的聲音。

「啊……」

我手上的漫畫不偏不倚地打中了站在我後方的小佐內同學的額頭，她驚愕地退後兩三步，按著額頭，默默地看著我。

「啊啊，那個，小佐內同學……」

「……」

「妳別老是站在我背後，太危險了。」

「……就這樣？」

「對不起。」

小佐內同學輕輕點頭。

「那妳有什麼事?」

我這麼一問，小佐內同學似乎被這一敲就把事情全忘了，她再次摸摸發紅的額頭，然後猛然抬起頭。

「對了，就是剛才說的事……」

「剛才?」

「『只偷偷給你一個人看』的那封信。」

她還在扯那件事啊!

我不禁有些慌張，但小佐內同學用力搖頭。

「不是啦，我不是說那封信，而是那句『只給你』讓我想起一件事。」

「什麼事……?」

我戰戰兢兢地問道，小佐內同學就燦然一笑。

「『愛麗絲』的春季限定草莓塔只供應到今天。」

「喔?」

「小鳩，你要跟我一起去嗎?」

受到邀請雖然很榮幸，但我太了解她邀請我的理由了。明知問了只會難過，我還是問了。

「因為草莓塔有限制每人只能買一個。」

小佐內同學格外開朗地說道。

從我們白看書的書店到「愛麗絲」有一段距離，小佐內同學有腳踏車可以騎，但我只能靠雙腳，走起來有點遠。商量過後，我們決定把腳踏車的椅墊調高，由我騎車載她去。這輛金屬銀腳踏車的椅墊可調整的範圍很大，我本來還很擔心人矮腳又短的小佐內同學騎的車不適合我，不過看來應該沒問題。

我沒問過小佐內同學的體重，說不定她還不到四十公斤。即使載了一個人，騎起來還是很輕鬆。小佐內同學不是跨坐在載物架上，而是側坐，她為了保持平衡，不是抱著我的身體，而是用一隻手勾住我的脖子。我有點喘不過氣。

用擴音器放大的聲音從遠方慢慢接近，內容說的是要打造出各位市民所期待的市鎮、光明的未來、謝謝、謝謝之類的。那是市議員選舉的宣傳車，和沒有投票權的我們無關。宣傳車慢吞吞地走著，堵住了後面的幾輛車。我心想，他們一定不會投給這個人。

我以前去過「愛麗絲」幾次。那是租了公寓一樓店面的小小蛋糕店。我沒興趣一個人去蛋糕店，所以每次都是跟小佐內同學一起來的。我記得路線。成排的民宅後方可以看見一大片棒球場的安全網，那裡是水上高中的操場，是很明顯的地標。「愛麗絲」離水上高中很近。

我騎上人行道。途中好幾次看見駕訓班的車。「愛麗絲」所在的公寓就在木良西駕訓班斜對面。途中有個女人用認真到嚇人的眼神駕駛著教練車和我們並肩前進。我們把腳踏車騎進「愛麗絲」的停車場後，那輛教練車也開進了駕訓班。

小佐內同學從載物架跳下來，整理著裙擺。我幫腳踏車上了鎖。從蛋糕店的玻璃門往裡面看，今天雖是小佐內同學最期待的春季限定草莓塔最後一天販售，裡面卻沒有客人。

「進去吧。」

小佐內同學對我說道，踏著雀躍的步伐走進「愛麗絲」。真是的，她只有在和甜點有關的時候才會這麼開心。我一邊苦笑，一邊跟著她走進去。一走進玻璃門內，我就立刻被烤蛋糕、融化砂糖、熬煮水果的香甜氣味包圍。我不怎麼愛吃蛋糕，但這股香氣真是令人心情舒暢。

小佐內同學看都不看櫥窗裡面尺寸袖珍的其他種類蛋糕。

「請給我春季限定草莓塔。」

聽到小佐內同學比平時更有活力的聲音，我回頭望了一眼。

「喔喔，那個……我也要一樣的。」

女店員露出了甜美的笑容。

「太好了，這是最後兩個。」

真的嗎？差一點就買不到了。我忍不住對迫不及待的小佐內同學悄聲說道：

「真是好險呢。」

「嗯。」

小佐內同學招招手，我稍微蹲下身子，她也悄聲對我說：

「都是多虧了那封信。」

就是說啊，好運會從哪裡來真是令人猜不透。

春季限定草莓塔是裝在盒子裡拿出來的，完全看不出和普通的草莓塔哪裡不一樣。我向開心地捧著兩個盒子的小佐內同學詢問春季限定是哪裡特別，她回答說：

「每年的都不一樣，所以我也不知道。這是只有今年才嘗得到的味道……真期待……」

我不禁思索，我最近……或者該說打從出生以來，有像她這樣期待過什麼東西嗎？

小佐內同學如獲珍寶地把兩個盒子放到腳踏車的籃子裡。盒子怎麼放都是斜的，沒辦法了，回去的時候我得盡量騎穩一點了。

大樓的一樓除了「愛麗絲」以外還有便利商店，小佐內同學看見便利商店就說要買牛奶，我也漫不經心地跟過去，但我不像某人一樣喜歡緊貼在別人背後，所以獨自走到雜誌區。便利商店和蛋糕店不同，這裡的主要客群是水上高中的學生，人還挺多的，櫃檯前也有人在排隊，就算只買牛奶也得花不少時間。

便利商店的雜誌區沒有任何書籍能引起我的興趣，我無奈地拿起漫畫雜誌。一看到漫畫，我突然很好奇健吾想跟我說的是什麼事，反正明天就會知道了。

廣播正在播放流行歌。我迅速地翻著漫畫，不是因為看得快，而是因為我根本沒在看，只是想要翻一翻紙張罷了。

這時我突然聽到外面有很吵雜的聲音，抬頭一看，在玻璃之外站著五個人，全都穿著水上高中的制服……唔，看起來不像是乖學生。我心想應該小心一點，所以把注意力移到那些人的身上。這裡可以聽見他們的對話。

那群學生裡面只有一個男生看起來比較有氣質，雖然算不上美男子，至少是五官端正，體格也很纖細，戴著一副鏡片很小的眼鏡。那個男生正在發號施令。

「好，我們該走了。」

什麼嘛，已經要走啦?看來是不需要擔心了。我正在這麼想的時候，那群學生之中有兩人朝我這邊走來。他們似乎沒注意到便利商店裡的我離他們很近，而且我看起來好像正在看漫畫，他們當然沒發現我在偷聽。那兩人之中的一人衣服穿得很邋遢，眼神焦慮不安，可以想見他在團體內的地位不高。另一個人有點胖，鬍子也沒刮乾淨。前者用一種辯解的語氣向後者說：

「對不起，學長，我今天不能去。」

「啊？」

比較胖的那人皺起眉頭。

「不能去？不是叫你把時間空出來嗎？」

「我沒有其他事要做啦，只是沒有交通工具。」

「沒有？你的腳踏車怎麼了？不是拿回來了嗎？」

地位較低的那個不停低頭，像是在道歉。

「被偷走了。」

「你白痴啊！」

真可憐……既然沒有腳踏車，可以像我和小佐內同學剛才那樣兩人一起騎啊。

較胖的那人回頭看看其他三人，用我也聽得到的巨大音量喊道：

「學長！坂上說腳踏車被偷了！」

氣質男冷冷地望向那個叫坂上的男生。坂上不發一語，只是默默地望向旁邊。

「坂上。」

「是、是的。」

「你自己想辦法吧。你知道地點，十分鐘以後過來。」

明明兩人共乘就好了啊。說不定他們只是不想照顧無能的手下。

結果那些人拋下坂上，紛紛騎上腳踏車、輕型機車和一般機車走掉了。坂上一副垂頭喪氣的樣子。他低著頭，用力一踏柏油路，開始奔跑，逐漸消失在我的眼中。

我意識到後面有人，就一邊回頭一邊說：

「買好牛奶了嗎，小佐內同學？」

站在我背後的確實是小佐內同學，她有些愕然地睜大眼睛。我在這一個小時被嚇了好幾次，已經免疫了。小佐內同學沒有開口，而是舉起裝在塑膠袋裡的牛奶給我看。

「那我們走吧。」

小佐內同學輕輕點頭，然後哼著草莓塔草莓塔草莓塔的奇怪即興歌曲，往店外走去。

就在此時。

金屬銀色的腳踏車從我們眼前衝過去。

車籃裡放著兩個扁扁的白色紙盒。

……我不確定哪個人更快掌握狀況，但小佐內同學一直睜大眼睛、張著嘴巴僵在原地，所以先行動的應該是我。我一邊跑一邊大喊：

「小偷！」

坂上頭也不回，更用力地踩著踏板，越騎越快，沒多久就消失在轉角後。我就算想追也追不上。轉頭一看，停車場裡只剩下被弄壞的車鎖。沒想到他竟然在光天化日之下……

我戰戰兢兢地轉頭望向便利商店的門邊。有一些人聽到我的呼喊，跑過來看熱鬧，而小佐內同學依然提著裝了牛奶的塑膠袋，嘴巴大大地張著，眼神空虛至極。

2

我不知道對小佐內同學來說是腳踏車被偷的打擊比較大，還是失去春季限定草莓塔的打擊比較大。腳踏車再買就行了，但草莓塔是只有今年春天才買得到的限定商品，但是以價格來看，兩個草莓塔不到三千圓，而腳踏車的價格少說也在草莓塔的三倍以上。小佐內同學一副失魂落魄的樣子，我拉她的手她也不動，還把裝了牛奶的塑膠袋掉在地上，無論我叫她或是安慰她，她都沒有反應。

隔天，我趁下課時間傳訊息給小佐內同學，但她沒有回覆。就在我煩惱著該不該先別管她時，課就上完了。還不到放學時間，我就收到訊息。

『我會如約去找你。』

看到寄件人是健吾，我才想起和他有約的事。

算了，先把小佐內同學的事放在一邊吧，不管打擊再大，她應該不會為了草莓塔或腳踏車而想不開吧。我轉換心情，等待健吾的到來。收到訊息的兩三分鐘後，健吾就出現了。他拿著筆記本，我以為他說過的畫就在裡面，結果卻猜錯了。

「那我們要去哪裡？既然是畫，應該是在美術教室吧？」

「沒錯。」

如果需要做筆記，或許該帶我慣用的白色活頁紙，不過健吾已經帶了筆記本，那就交給他吧。

一年級的教室集中在北棟四樓，美術教室是在南棟四樓，連接兩棟校舍的穿廊位於二樓，所以我們得先走到三樓，從穿廊的屋頂走過去。

「還真奇怪。」

我不慌不忙地走下樓，一邊問道。

「你連印象派這個詞都不知道，為什麼會和畫扯上關係？」

「誰說我不知道？我聽過這個詞，也知道那指的是什麼……雖然在我看來根本是亂畫一通。」

「然後呢？」

「我得介紹一些學藝類社團，所以去美術社了解情況，然後就聽到了那件事。如果很有趣的話，我打算特別著重介紹。」

「介紹？在哪裡？」

健吾一臉不耐地看著我，但他隨即領悟了什麼。

「對了，我還沒跟你說過，我加入校刊社了。我們要做的報導就是介紹社團。」

喔？校刊社？

我一聽到校刊社就聯想到記者，又從記者聯想到求知慾旺盛而廣泛的人，但我覺得健吾不像是這種人。

「……你那個表情是什麼意思？」

「沒有啦。」

不對，校刊社的社員不等於記者，認為記者一定有旺盛求知慾只是我個人的成見，所以我沒有把心裡的話說出來。

「可是幹麼叫你負責採訪美術社呢？我們學校應該有劍道社或柔道社吧？」

健吾點頭說著「喔喔」。

「是這樣沒錯，但這是學長拜託我的。那個人對我有恩，我拒絕不了。」

這樣啊。

若是恩人的請求，健吾鐵定拒絕不了的。

我們來到了美術教室門口。走廊牆上掛著鋪上綠色不織布的布告欄，還貼了一些符合美術教室風格的畫作。畫在畫布上的作品不能貼在布告欄，所以是裱框的。我本來打算敲門，健吾卻直接拉開門。

「大家好。」

他輕鬆地打著招呼走進教室。說到美術社，我本來以為會有一群把青春投注在畫布上的社員圍成一圈，看著中央的人體石膏像之類的東西畫素描，實際情況和我想像的相差不大，差別只有社員的數量沒有多到可以圍成一圈，而且每個人畫的東西也各自不同。

「妳好，勝部學姊，我來了。」

他說話的對象是沒在作畫，而是正在看書的女學生。她那溫和的圓臉完全沒有美術這個詞彙會令人聯想到的嚴肅氣質。從胸前的徽章可以看出她是三年級的。她一看到健吾，就露出開朗的神情。

「喔喔，我正在等你。你後面那位也是校刊社的嗎？」

「不是，他是我的朋友。我對藝術沒有研究，所以找人來幫忙。」

好啦，該普渡的眾生從一人變成了兩人，我到底能幫上什麼忙呢？先等我聽了事情原由再說吧。如果他們需要的不是鑑賞的眼光而是智慧，或許我真能多少幫上一些忙。

勝部學姊環視美術教室一圈，幾乎所有人都停下動作，坐在椅子上往我們這裡看，沒有一個人繼續專心一致地作畫。勝部學姊大概覺得在這裡談也不會打擾到別人，所以把我們叫到面向中庭的窗邊，請我們坐下來等，然後就走進準備室。

不久之後，勝部學姊帶著兩張紙回來了。我本來以為應該有海報大小，結果比我想得更小。這就是你說的畫嗎？健吾被我這麼一問就點點頭。

「就是這個。」

勝部學姊把一張紙放在旁邊的桌上，把另一張紙朝著我們攤開。

「哇……」

我不禁發出嘆息。

如果這是感動的嘆息，對我來說應該是美好的人生經驗，不過這其實是錯愕的感嘆。

那確實是一幅畫。因為那不是文字也不是符號，所以只能稱為畫。

整張紙都塗滿了淡淡的色彩，畫面上是一幅悠閒的田園風景，燦爛陽光照耀著原野，後方是一片遠山，中央有大馬小馬在奔跑，山邊有農舍，還有小小的農田，以及疏林。

這幅畫的主題並不特別，特別的是著色的方式，那似乎是用粉彩畫筆一層層疊起來的，完全看不出畫筆的痕跡。

除此之外，這幅畫沒有任何深淺、明暗、強弱的對比，整片山都是綠色，整片原野都是翡翠綠，整片天空都是水藍色。乍看似乎畫得很隨便，不過要把色彩塗得這麼均勻或許也挺費工夫的。

我又看了一下，發現還有其他特別之處。馬和原野，原野和山，農舍和農田，區塊之間有明顯的界線。具體地說，那是輪廓線。

如果要用一句話來表達感想，我可能會說「這是什麼」吧。如果要以畫具區分成水彩畫、油畫、粉彩畫、水墨畫的話，最接近的應該是……

「怎樣，常悟朗？」

我忍不住說出真心話。

「看起來像賽璐璐畫。」

勝部學姊發出噗哧一聲。如果不是賽璐璐畫，那就是著色畫了。

我摸了摸畫紙背面，那不是圖畫紙，比較像是肯特紙，不過這張紙的尺寸是常見的B5。但B5尺寸的肯特紙不是到處都有，大概是自己裁切的吧。

「這是美術社的成員畫的嗎？」

「是啊。」

「畫得好嗎？」

「跟你看到的一樣。」

我就是分辨不出來才要問嘛。我換了個問題。

「這幅畫是不是隱含著某種我們不知道的藝術目的……？」

健吾把手放在我的肩膀上。

「就是這個，常悟朗。」

「……」

也就是說……

「你想叫我找出這幅畫在藝術上的目的？」

「就是這麼回事。我完全看不出來，只覺得畫得不錯，很容易看懂。」

「不好意思，健吾，我等一下和小佐內同學還有約。」

「別急著走啦，我都說了至少先把事情聽完嘛。」

我正想站起來，健吾卻更用力地按住我的肩膀，讓我不得不坐下。勝部學姊用同情的目光看著我。

「畫這幅畫的人去年畢業了，他在美術社裡待了兩年。」

「喔。」

我很敷衍地回應。

「原本那個人……勝部學姊，他叫什麼名字？」

勝部學姊點點頭說：

「我上次跟堂島說過，畫這幅畫的人叫作大濱，他平時都是畫油畫。」

「油畫？油畫也能畫出這種效果嗎？」

「當然可以。他很喜歡畫家高橋由一，所以經常畫這類的畫。他的目標是參加日本美術展覽會。」

高橋由一，就是那個畫「鮭魚」還是「鱒魚」的人嗎？竟然找我這種水準的人來分析繪畫，真是太離譜了。

如果大濱是畫油畫的，而且還是公開說過想參加日本美術展覽會的正統派，眼前這幅作品怎麼看都太荒謬了，這種東西根本沒必要小心翼翼地收藏兩年。我可能把這些想法表現在臉上了，勝部學姊準確地猜中了我的心思。

「你一定很好奇我們為什麼要收藏這東西兩年吧？」

我只能點頭。

「呃，算是吧。」

「其實這是有理由的。我對堂島也還沒詳細解釋過……」

我瞄了健吾一眼，他低聲說著：

「理由嗎……」

他翻開自己帶來的筆記本，從口袋裡掏出原子筆。

「我之後要再去問社團裡的學長，所以得先做筆記。不好意思，我寫字速度不快，麻煩妳慢慢說。」

「你要做筆記嗎？」

勝部學姊吃驚地問道。校刊社的人把發言記錄在筆記本上，就等於是在採訪，勝部學姊大概沒想到要接受採訪，所以她會驚訝也是應該的。雖然沒有錄音，學姊還是清了清喉嚨，沉默良久，像是在思考要從哪裡開始說起。

「……嗯，還是從頭說吧。可能有點冗長，不好意思喔。」

做過開場白之後，她便開始說道：

「這幅畫是大濱學長在三年級的暑假時畫的，那時他已經退出社團了。我想，這幅畫除了我以外應該沒有其他人知道，我會知道也只是因為碰巧看到他在畫畫。

我看到的時候很驚訝，因為這不像是大濱學長的畫。不過，就算再喜歡畫畫，也不見得要永遠秉持著相同的理念作畫。我想這只是大濱學長一時興起的作品。」

「難道不是嗎？」

「大濱學長認真的時候非常嚴肅，讓人不敢隨便靠近，但他平時是個溫和的人，經常面帶笑容。我忍不住問他，這是塗鴉嗎？他笑著回答說，這是世上最高尚的畫。」

高尚……？

我不禁望向那幅類似著色畫的作品，不過並沒有看到它突然大放光芒。

「他還說這幅畫高尚到我看不懂。因為他一直強調高尚，而且他說話時彷彿忍著笑意，所以我以為他是在開玩笑。確實很像吧？

所以我就問他，你是在開玩笑嗎？」

勝部學姊等到健吾寫完，才又繼續說：

「但他卻發誓說是認真的。

過了幾天，完成這幅畫以後，大濱學長把這幅畫寄放在我這裡，說等時機到了會來跟我拿，要我好好保管。後來我一直沒有機會跟他說話，他就畢業了。」

我插嘴說：

「然後妳就保管了兩年？」

勝部學姊輕輕點頭。

「明年我也要畢業了……所以我不知道該拿這幅畫怎麼辦。我想要聯絡學長，但他似乎搬家了，我不知道他的聯絡方式。」

「既然如此，可以繼續放在船高美術社裡代代相傳下去啊。」

我半開玩笑地這麼說，勝部學姊斷然搖頭。

「老實說，這東西很礙事。」

「喔……」

這話說得也太重了。

勝部學姊說話的速度變快了。

「因為沒有其他畫在紙上的畫，所以保管起來很麻煩，這又是人家寄放的東西，不能隨便亂放。如果他真是為了特別的理由要寄放東西也就罷了，如果只是塗鴉作品，乾脆直接丟掉算了。」

沒想到那張溫和的圓臉會說出這麼激進的話。

把東西寄放在別人那裡兩年，而且超過一年沒有聯絡，就算東西被丟掉，大濱也沒資格抱怨。如果是我，早就把東西丟掉了，但我可以理解勝部學姊猶豫的心情，如果之後引發糾紛就麻煩了，再說如果那真的是實驗性質的藝術作品……確實會很猶豫。

不過，勝部學姊手上的畫有兩幅。

「另一張畫也是類似的東西嗎？」

一張攤在我們面前，而另一張仍然放在桌上。我這麼一問，勝部學姊就愕然地看著我。我還以為自己聽漏了什麼話，健吾就在一旁插嘴說：

「我還沒跟他把事情說清楚。」

「喔，這樣啊。那你應該不知道哪裡離奇吧。」

我只覺得那幅畫有點異常，但還稱不上離奇。第一幅畫已經是這個樣子了，就算第二幅畫再怎麼差勁，我也不會覺得離奇。我本來是這樣想的……

「這……」

一看到第二幅畫，我就知道為什麼她說離奇了。田園風景、太陽、原野之後的遠山、馬、農舍、農田、疏林。

第二幅畫和第一幅畫一模一樣。

3

我們離開了美術教室。關上門後，健吾立刻對我說：

「怎樣，這件事真的很怪吧？」

「是啊。如果是印刷品或電腦繪圖也就算了，但是兩張相同的手繪作品……」

兩幅畫耗費的心力應該不一樣吧。簡單地來看，兩幅畫所需的心力似乎是一幅畫的兩倍，但再加上畫相同作品的徒勞感，恐怕就不只兩倍了。

「看起來好像一樣，其實還是有很多地方不太一樣。」

「是嗎？我沒有注意到。」

「仔細看就看得出來了。我猜那可能是他特別想要保存的點子吧，因為擔心畫被弄髒或撕破，所以才多畫一張。」

「特別想要保存的點子……」

「這點就要靠你的幫忙了。」

健吾對我懷著期待令我感到很榮幸，但我畢竟不是專家。如果這是想一想就能得到的答案，我卻時想得到一些比較合理的解釋。所謂的點子，可能是換個角度來看畫面就會產生變化，或是讓平面視角看起來像立體的……如果真是這樣還挺有趣的，不過這些點子又算不上嶄新。

「……那個東西呢？」

「喔喔，讓你看看吧。」

健吾從制服口袋裡拿出一份影印紙，那是勝部學姊在採訪結束之後交給健吾的。

「這是前年學生報導的拷貝，裡面有大濱學長的訪談，是他在縣內展覽會得獎後的紀念訪問。我想可能有些幫助吧。」

「喔？沒想到勝部學姊還留著這種東西。」

「一旁還有六月球類競賽的報導，裡面大大地表揚了學姊的精采表現。」

「原來如此。不過校刊社的人想要拿到舊報為什麼還要向外人討？」

健吾輕抬雙手，一副覺得很荒謬的樣子。

「請勝部學姊提供只要一天，要從校刊社的社團教室裡翻出兩年前的舊報得花三天。好好整理一下嘛。」

我們經過穿廊，從南棟走到北棟。

「如何？你有想到什麼嗎？」

「很抱歉無法滿足你的期待。」

我回頭時，發現健吾一臉訝異地看著我。

「你承認你不知道？」

「是啊。」

「……你還滿坦白的嘛。」

這樣有什麼不好的？健吾一副不滿的樣子。

話說回來，其實我並不是多坦白的人，這一點我還有待加強。資料擺在眼前，我若不看一下總覺得不舒服。我朝健吾伸出手。

「嗯？幹麼？」

「剛才那份舊報可以讓我看看嗎？」

「這個？好啊。」

健吾再次拿出影印紙，瞥了一眼，然後交給我。

「謝啦。我立刻看。」

報導沒有很長，邊走邊看就能看完。

——恭喜你榮獲縣美術展獎勵賞。

大濱　謝謝。

——其實我還沒看過你得獎的畫作，那是怎樣的畫呢？

大濱　是二十號的油畫。我平時多半以紅色為基調，但這次使用最多的是接近天空的藍色，所以看起來特別明亮。

——所謂的二十號是……

大濱　簡單說，就是普通的尺寸。

——你畫的是什麼呢？

大濱　水果。這個主題很普通。

——你以前常畫水果嗎？

大濱　是啊，因為我還在磨練畫技的階段。回想起來，我從入學以來好像都是畫同樣的東西。啊，對了，我也經常畫魚。

——魚？在美術教室嗎？

大濱　不是，是在家裡。如果在美術教室畫，會因為魚腥味而被趕出去（笑）。

——這樣啊（笑）。我覺得油畫給人一種很高尚的印象。你為什麼會想要畫油畫呢？

大濱　我不覺得油畫特別高尚，所以很隨興地就開始畫了。我一開始只是像玩耍似地塗鴉，這一點到現在都沒有改變。

——你經常塗鴉嗎？

大濱　是啊。我不知道怎樣算是高尚，不過低俗的東西通常比高尚的多，所以兩者的差別或許只在於數量吧。

——喔……

大濱　不好意思，我自顧自地說起來了。

——不久之後就得決定要升學還是求職了，你今後有什麼目標嗎？

大濱　無論我走哪條路，應該還是會繼續畫畫吧。但我不確定會不會把畫畫當成職業。

——你的家人應該也很期待你的作品吧。

大濱　這就不知道了（笑）。我有個年紀大我很多的哥哥，他經常來找我玩，只有他和他家的孩子會喜歡我的畫。

——非常謝謝你接受採訪。

大濱　不客氣。

唔……

我沉默不語。

「怎樣？看出什麼了嗎？」

我搖搖頭，把舊報還給健吾。健吾在臨走之前對我說：

「如果連你也想不出來，那就沒辦法了。反正能報導的題材也不是只有這個啦。」

我稍微有些罪惡感。剛才那份拷貝是有用的線索。一句「這件事用這個方法就能破解」已經衝到我的喉嚨。

但我還是把話吞了回去。

賣弄小聰明絕非好事，這點我是明白的。我本來還覺得先聽完事情再決定要不要幫忙，實在是太天真了。如果我想要明哲保身，一開始就不該聽他說。

我回到自己的教室，發現有人坐在我的位置上。是小佐內同學。她看起來似乎有些疲憊，是我多心了嗎？小佐內同學用無力的聲音說：

「歡迎回來。」

聽到這句歡迎回來，我就反射性地回答：

「我回來了。」

因為我的椅子已經有人坐了，所以我隨意靠在桌上。

「……妳怎麼會在這裡？」

「我可以看到你從美術教室走出來，所以心想你應該會立刻回來。」

「可以看到？」

「從我的教室可以看到美術教室。」

原來如此。

從空中俯瞰船戶高中兩棟校舍的形狀，就像是把「工」字的一橫往右拉，再把另一橫往左拉。我回憶著校舍的平面圖，美術教室的確在小佐內同學教室的正對面，所以小佐內同學可以隔著中庭看到美術教室裡的我們。我理解之後，她繼續說：

「真是奇怪的畫。」

「妳連那個都看到了嗎！」

我不禁感到詫異，結果小佐內同學從裙子的口袋裡拿出一個巴掌大小的望遠鏡。有這個東西，當然看得到那幅畫。可是她為什麼要隨身攜帶這種東西？

「真是長得一模一樣呢。」

我正想回答「就是說啊」，卻突然覺得不對。我舔了舔嘴脣，用清晰的發音說：

「應該說畫得一模一樣吧。」

「我就是那樣說的啊……長得一模一樣。」

怎麼會是長的啊？小佐內同學彷彿不明白我苦笑的理由，她討好地笑著說：

「對了，我一直在等你……我想跟你道歉。昨天你鼓勵我很久，但我都沒有回應。」

「喔，那件事啊。」

我誇張地揮著手說：

「不用放在心上啦。」

小佐內同學微微點頭，然後彷彿要振作精神，用更大的聲音問道：

「堂島跟你說了什麼呀？」

唔……我露出了煩惱的表情。小佐內同學見我沉默不語，表情變得越來越不安。

「如果你不想說的話也沒關係。我是不是神經太粗了？」

我搖頭。

「我不是不想說啦。其實也沒什麼大不了的。」

為了讓小佐內同學放心，雖然不是很想講，我還是決定說出那兩幅畫的事，就連勝部學姊以前的事和大濱學長的事都一併說了。小佐內同學遠遠地看過那兩幅畫，所以很快就理解了事態。

「……就是這麼回事。健吾似乎打算另找其他題材來報導了。」

我用這句話作為結尾。

不過，正如經常和小佐內同學相處的我很熟悉她的喜好和行動，經常和我相處的小佐內同學似乎也能看透我的心思。小佐內同學像是在生氣似的，抬眼盯著我說：

「小鳩，你不幫他的忙嗎？」

「我又不懂畫。」

「可是你應該看出端倪了吧？」

真是瞞不過她。但我也不是全都看穿了。

「如果我猜錯了，那我跟你道歉。不過，小鳩，你看起來一副耿耿於懷的樣子。」

我露出苦笑。

「大概吧。我確實找到了破解的方法，雖然只是模糊的想法。不過，妳也很清楚，想當小市民的人不該當什麼偵探。這種時候假裝不知道才是最好的。」

「如果你覺得這樣比較好……」

小佐內同學咳了一聲，沉思片刻，然後又喃喃地問道：

「可是，這樣真的好嗎？」

「……」

真要說的話……

雖然我和健吾算不上朋友。

雖然我還沒完全破解謎題。

可是人家拜託我幫忙，我卻撒手不管，這樣實在……

「……好像很沒有人情味。」

「我也這麼想。」

我們兩個都不是熱心的人，但也不算冷血。禮貌性的疏離是還好，但冷淡或冷酷並不是小市民該有的樣子。

問題是，我該怎麼出面。

「假設我破解了謎題，我也不想直接說出來。說了還得解釋因為怎樣所以怎樣。」

「嗯，我了解。」

有沒有什麼好方法呢？既能讓健吾知道謎題解開，又不需要我出面的方法。不可能有這麼好的事吧？如果可以找一個理解能力夠好、又能讓我毫不尷尬地說出推理的人去做就好了。

……就在我面前。小佐內同學。

「嗯？我？」

她光看我的眼神就懂了。真的是瞞不過她。

以實際的角度來看，這招是行不通的。小佐內同學那麼怕生，叫她去承擔我個人的責任好像有點過分。只有責任也就罷了，偏偏其中還摻雜了我的興趣，那就更過分了。話說回來，進行推理這件事本身就違反了我和小佐內同學的約定。

我還在苦思，小佐內同學就淡淡地說：

「如果你不想放棄……可以拿我當成藉口。」

「……喔喔，還有這一招啊。」

我立刻聽懂了小佐內同學想說什麼。我們本來就習慣把對方當成逃避的藉口，但小佐內同學卻說我可以在這次推理使出這個手段。我還挺驚訝的，沒想到小佐內同學不反對我利用她和違反約定。我再次向她確認：

「真的嗎？真的可以說是妳破解的嗎？」

小佐內同學雖然畏縮，還是露出了笑容。

「嗯。我們約定過可以把對方當成藉口，而且我和勝部學姊今後多半沒有往來的機會。再說，我昨天給你添了那麼多麻煩……」

我都說了不用放在心上嘛。雖然小佐內同學和勝部學姊沒有往來，和健吾就很難說了。

……不過，我思考再三，還是決定接受小佐內同學的提議，畢竟明明能破解卻故意不去破解真的讓我壓力很大。對於想要成為小市民的我來說，最大的阻礙就是這種喜愛解謎的性格，而我明知這點，卻還是決定破戒。我真是太不知長進了。我不好意思地說：

「那麼這次就照妳說的做吧。」

「你已經想出破解法了吧？」

「嗯。不過今天還是先回家吧。要一起走嗎？」

小佐內同學恍神地點頭，不知道在想什麼。我正在揣測時，她用小小的聲音提議說：

「那個，我有數位相機。小鳩，如果你能拍下那兩幅畫，我們就能一起想了……」

這個提議挺有幫助的。小佐內同學願意伸出援手已經令我很感激了，能把畫作存下數位資料更是大有幫助。但是……

「妳不需要幫我到這種地步啦。」
聽我這麼說，小佐內同學的臉就紅起來了。她搖搖頭。
「沒有啦……這也是為了我自己。現在有事情可以想，會讓我覺得比較輕鬆。」
我什麼都說不出來了。

隔天。
我不是校刊社的社員，實在不想獨自前往美術社，所以我巧妙地說服了健吾，請他再帶我去一次。這件事容易得很。我順利地存下了兩幅畫的數位資料。
我正打算快點離開時，勝部學姊像是突然想到似地說道：
「對了，這幅畫有標題喔。」
「標題？兩幅都有嗎？」
「我不太確定，可能只是其中一幅的標題。等等，我回想一下。標題是這樣的……『六個謎，獻給三的你』。」
這種標題好像……健吾和我同時開口。
「很深奧呢。」
「這不太像畫的標題耶。」

勝部學姊瞪了我一眼。

「又不是我取的。」

我也不是在批評她啊……我含糊地打幾句圓場，就快快離去了。

回去的途中，健吾問我說：

「你今天的態度和昨天不一樣耶。從那照片可以看出什麼嗎？」

我笑著蒙混過去。

「或許有幫助，或許沒有。我只是覺得，如果有照片，向朋友解釋起來會比較容易。」

「朋友？誰啊？」

「……等我成功破解之後再告訴你吧。」

「你是說，你自己做不到，卻叫別人來做……？」

健吾一副嗤之以鼻的樣子，但也沒再繼續問下去。幸好。

「還有，我那個朋友說，想要借一下昨天那份舊報和你的筆記。」

「要借那些東西？」

我還以為健吾會覺得奇怪，但他很快就答應了。

「反正我也用不著。去我的教室吧，我拿給你。」

我拿著那兩樣東西回到教室，和小佐內同學會合。

「拍好了嗎？」

「嗯。」

「給我看看。」

數位相機或望遠鏡這種大小的東西要帶來學校是沒問題，但電腦就沒辦法了，只能回家去看。問題在於，是小佐內同學要來我家，還是我去小佐內同學家。不過我家沒有把數位相機的資料傳到電腦上的設備，所以只能我去她家了。

小佐內同學的住處位於大樓。那不是租的，而是她家裡買的。我只受邀去過一次，所以不太記得路。我跟著小佐內同學走回她家。

我在途中提起了標題的事。

「『獻給三的你』？」

「六個謎。」

想起剛才的對話，我就變得愁眉苦臉。

「我只是說那不太像畫的標題，勝部學姊就瞪著我說又不是她取的。」

小佐內同學吸了一口氣。

「如果我當時在場，大概也會說出一樣的話……對了，小鳩，你覺得標題也隱藏著什麼訊息嗎？」

我點頭。

「應該有。三指的是什麼呢？如果『你』不是在說人，應該是指數量，如果是人，那就是年齡了。」

「……我沒有想到會是年齡。」

「至於六個謎我就不懂了。小佐內同學，妳怎麼想？」

小佐內同學陷入了沉思。原本就很嬌小的她走得更慢了，我也跟著放慢了腳步。

穿越了按鈕式的行人穿越道之後，就能看見一棟奶油色的大樓。小佐內同學的家就在那裡。

等到最後，她給出的結論是：

「我得先看看……」

就這樣。

那就來看看吧。小佐內同學的家在三樓。她從口袋裡掏出鑰匙，自己先進屋內，大概是想要整理一下吧。我遲了幾分鐘才進去，發現屋內到處都很乾淨，不像是幾分鐘就能整理出來的樣子。形容得更詳細一點，這裡簡直不像是有人住的樣子。我詢問之後，得知小佐內同學是獨生女，而她的父母每天都是早出晚歸。

鋪著木地板的客廳一角放了一台桌上型電腦。小佐內同學用熟練到驚人的動作把數位相機的資料傳輸到電腦裡，但是因為有調整尺寸之類的程序，還是要花一些時間。

我利用這段時間，從書包裡拿出活頁紙。依照我的想法，這件事靠著分析資料就能破解。我從健吾的筆記和舊報裡摘出重點。

健吾的筆記（勝部飛鳥學姊的證詞）

1）大濱平時畫的是油畫。

2）這兩幅畫是大濱在高三的暑假畫的。

3）知道大濱畫了這兩幅畫的人只有勝部學姊。（不確定是刻意隱藏還是恰巧碰見）

4）勝部學姊詢問這是不是塗鴉之作，大濱否認了。（「世上最高尚」）

4´）不過大濱回答的時候好像在忍著笑意。

5）大濱把完成的畫寄放在勝部學姊那裡。

5´）他說的期限是「等時機到了」。

學生報導

1）這份報紙是兩年前的六月出刊的。

2）大濱是因榮獲縣美術展獎勵賞而受訪。（可以證明大濱說想要參加日本美術展覽會並不只是空口說白話？）

3）大濱平時較常使用紅色。

3´）他說「這次看起來特別明亮」。（平時並非如此？）

4）大濱認為自己還在磨練畫技的階段。

5）大濱不認為畫畫是高尚的事。

5´）「我不知道怎樣算是高尚」

6）大濱的家人之中只有哥哥和他的孩子對大濱的畫有興趣。（大濱還是高三生，他的哥哥已經有孩子了？）

摘出重點之後，關鍵字就很清楚了。

然後是「六個謎，獻給三的你」。兩幅相似的畫。更正確的說法是，兩幅「好像很相似」的畫。

答案已經呼之欲出，只要再實際看過畫就能確定。

小佐內同學操作著電腦，螢幕上出現「mitunokimi.jpg」（三的你）和「muttunonazo.jpg」（六個謎）兩個檔案。檔名還真長。兩個圖示並列在一起。

後方有一片山巒的平原、農舍和農田、太陽和天空、大馬和小馬、疏林。

小佐內同學第一次近看這幅畫的感想是：

「畫得真差。」

老實是好事。

塗得厚厚的畫具、粉彩、裁切成B5尺寸的肯特紙。

我向小佐內同學說：

「能不能把農舍放大？嗯，兩幅都要。」

農舍有大大的窗戶，裡面放著一座直立式時鐘。小佐內同學把兩幅畫都放大以後，手依然抓著滑鼠，轉頭仰望著我。

「……小鳩，這個是……」

我點點頭。

4

既然要解決，最好還是快點做。去小佐內同學家的隔天，我就打算結束這件事。

很不巧地，聽說健吾放學後去了美術教室。小佐內同學可以從教室窗口看到美術教室，是她告訴我的。我的計畫都被打亂了，我本來打算先向健吾說明，再讓健吾去向勝部學姊說明。就算可以把小佐內同學當成擋箭牌，要我在勝部學姊和其他美術社社員面前扮演偵探還是讓我壓力很大，我沒有信心能把事情做好。

但是繼續拖下去也不是辦法。我無奈地獨自走向美術教室。我先敲門，接著拉開拉門，健吾果然在裡面，他站在和前天相同的地方和勝部學姊說話。健吾轉頭對我說：

「我沒想到你會來呢，常悟朗。」

我回以含糊的笑容，走到健吾的身旁。他立刻問道：

「你說的朋友怎樣了？」

我深深嘆了一口氣，轉頭望向勝部學姊，一口氣說出我事先想好的台詞：

「昨天我把拍下來的畫拿給我朋友看，我朋友就看出了那幅畫的意圖。」

「咦？」

勝部學姊睜大了眼睛，健吾也愣住了。

「真的嗎，常悟朗？那個人是誰啊？」

「我以前向你介紹過那個人，就是小佐內同學。」

健吾似乎記得這個名字。小佐內同學那麼缺乏存在感，健吾竟然看過她一次就記得了，真了不起。

「……喔喔，是她啊。我不知道她這麼懂畫。」

「用不著懂。」

我請勝部學姊把那兩幅畫拿出來，她雖然半信半疑，還是依言拿了出來。兩幅畫並排在桌上，我凝視了一陣子，確認重點。

「怎麼了，常悟朗？」

「你前天說過，兩幅畫『看起來好像一樣，其實還是有很多地方不太一樣』。小佐內同學一下子就看出了這一點。」

勝部學姊用沉著的語氣反駁：

「那又怎麼樣？如果兩幅畫的繪製時間相隔很久，當然會想要改動一些地方。」

我點點頭。

「有可能，那就來看看兩幅畫不同的地方吧。健吾，你說有哪裡不同？」

健吾稍微皺起了臉，但仍乖乖地回答：

「這裡，小馬的後腳上有白色斑點。」

「還有呢？」

「最左邊的山坡傾斜的角度不同。」

「接下來？」

「我看到的只有這些。」

「勝部學姊呢？」

但是勝部學姊沒有像健吾那樣配合。

「討論這個是要幹麼？」

我問話時那種了然於心的態度似乎讓勝部學姊覺得不太愉快。我可以理解她的心情。看到別人裝出這種偵探般的態度鐵定會不舒服的，我非常了解這種心情。惹得勝部學姊不開心讓我有些愧疚，雖然可以拿小佐內同學當擋箭牌，我還是非常不安。

要是她真的翻臉就麻煩了，所以我決定自己說出答案。

「農舍窗後的直立式時鐘的指針時刻不同，農田的數量不同，疏林右邊第二棵樹的高度不同，還有，太陽的大小有著細微的差異。」

「……」

勝部學姊沉默不語。我加快了說話的速度。

「我朋友花了三十分鐘仔細對照兩張照片，找出了這些不同的地方。」

其實我和小佐內同學只花了十五分鐘。前五個都很簡單，但我們花了很久才發現山的傾斜角度不同。

健吾盯著兩幅畫，折著手指數算。一個、兩個……

「原來如此，總共有六個地方不同。」

「沒錯，這就是『六個謎』。」

健吾和勝部學姊同時朝我看過來，表情都很驚愕……我是不是表演得太誇張了點？如果態度再平常一點就好了，但我就是改不了那種壞習慣。乾脆一口氣說完結論吧。我深深吸了一口氣。

「換句話說，這兩幅畫是『找碴遊戲』。

為了避免別人找錯地方，所以才要清楚地畫出輪廓線，用分不出濃淡的方式著色。之所以不用油畫顏料來畫，大概是直接用影印的草稿紙來畫比較方便。」

「怎麼……」

勝部學姊未知語塞，接著就大吼：

「怎麼可能有這種事！哪有高中生會因為找碴遊戲而開心……」

「這兩幅畫是畫給三歲小孩看的。」

雖然勝部學姊的氣勢令我畏懼，我還是努力說出來。

「標題也說了『獻給三的你』啊。」

「怎……」

勝部學姊還想說「怎麼會」，但說到一半就停下來了。我趁機說出早就想好的台詞：

「會使用肯特紙，當然是因為肯特紙最適合作畫。之所以要切割成B5尺寸，或許是為了方便郵寄吧。雖然不符合郵件規格，還是可以用B5或A4的信封。

大濱學長說過等時機到了會回來拿，他說的時機大概是送禮對象的三歲生日吧。大濱學長有個年齡相差很多的哥哥，聽說他的孩子很喜歡大濱學長的畫。從年齡來看，應該是要送給那孩子的。」

「這樣解釋確實符合了那奇怪的標題……不過，常悟朗……」

健吾不是要想幫說不出話的勝部學姊發問，總之他還是問了：

「勝部學姊提過，大濱學長說這幅畫很『高尚』。可是找碴遊戲怎麼能算高尚？就算這世上真的有找碴圖被譽為高尚，你覺得這兩幅算嗎？」

「『我不知道怎樣算是高尚』。」

健吾不甘心地悶哼一聲。

「你手上的舊報不是寫了這句話嗎？後面的話就是答案。我記不清楚詳細內容，先等一下。」

我從口袋拿出影印紙。

「喔喔，在這裡。『低俗的東西通常比高尚的多，所以兩者的差別或許只在於數量吧』。這點還挺有趣的，『高尚』一詞在大濱學長的心中似乎是一個重要的關鍵字，來採訪他的人並沒有特別強調『高尚』，他卻一再提起這個詞。所以小佐內同學說，既然如此，我們也得用大濱學長心目中的『高尚』來思考。

那麼，大濱學長對『高尚』一詞的定義是什麼呢？既然『低俗的東西通常比較多』，所以高尚的東西通常比較少。反過來說，比較多的東西就是低俗，比較少的東西就是高尚。照這樣看，他心目中的高尚和低俗並不是一種價值判斷，而是數量上的概念。

大濱學長說出這話應該不是認真的，他對勝部學姊說這兩幅畫很高尚時的笑容很值得玩味。對於摻雜了價值判斷和數量概念的高尚一詞，他表現出一種揶揄的態度。」

我沒有勇氣再向勝部學姊提問，所以只看著健吾說：

「我對大濱學長的看法既不支持也不反對。

不過小佐內同學提出了另一種觀點。如果大濱學長覺得高尚和低俗的差別只在於數量多寡，那麼『世上最高尚』的會是怎樣的東西呢？」

健吾盤著手臂，望向天花板。

「這個嘛，說不定是……沒人看得懂的東西才是最好的？」

「不對。如果沒人看得懂，就不會有高尚或低俗的評價了。」

健吾展露出了敏捷的思緒。

「如果不是沒人，那就是只有一個人吧。」

我點頭。

「沒錯。這幅畫是專門畫給三歲小孩看的，那個孩子可能很喜歡馬，而且住在有廣大原野的地方，此外，那個不知道認不認識字的三歲小孩很喜歡圖畫書裡的找碴遊戲。大濱學長是為了一個人的興趣而畫了這幅畫，依照他的想法……不，依照他揶揄的想法，這正是世上最高尚的作品。」

講完以後，我急忙補上一句。

「……小佐內同學是這麼說的。」

「唔……」

健吾抓著頭沉吟。

陷入迷惘的勝部學姊也漸漸冷靜下來了，但她還是用冷冰冰的眼神盯著那兩幅畫。

「大濱學長為什麼要叫我保管這種東西？」

「那個孩子經常去大濱學長家，他特地準備了生日禮物，當然要在孩子生日到來之前藏好。放在學校是最安全的。」

「那他為什麼到現在還沒拿回去？」

「這就不知道了，或許是大濱學長和他們家的關係變差了，所以沒辦法送生日禮物……又或許是那孩子的喜好改變了，這幅畫就沒有用武之地了……」

「不會的。如果是那樣，他應該會跟我說一聲。」

啊，她發現了嗎？就算她發現了，我最好還是不要說。

「其實他忘記了吧，也就是說，這東西沒有重要到必須記得。」

結果她自己說出來了。我不情願地點點頭。

「應該吧……小佐內同學也是這麼說的。」

「你現在還覺得這幅畫高尚嗎？」

勝部學姊的語氣很陰沉。我察覺到危險訊號，不敢正面回答。

「我不懂這些啦。」

但健吾的個性比較直接，他坦率地說道：

「沒有。小孩的興趣經過兩年一定會改變，已經沒有人會欣賞這幅畫了。」

我想起之前在書店裡的對話。我們會嚮往最棒的時刻，是因為我們沒有辦法自己打造出出來。不會有人看到這幅畫最精彩的一刻，它已經永遠失去了那一刻。

……就算這幅畫真的有過那種精彩的一刻，我還是不贊同大濱學長說的話，連想都懶得想。認真思考何謂高尚這種事，跟小市民完全扯不上關係。

勝部學姊的嘴邊浮現冷笑，那是和她的圓臉極不搭軋的嘲諷笑容。

「也就是說……」

她拿起兩幅畫，疊在一起，唰地從中撕開。

「這等於是垃圾。」

美味可可的做法

1

那一天是星期日，我在街上看到了小佐內同學。

我和小佐內同學之間有著互惠關係，卻不依賴彼此，也沒有任何男女之間的情事。我們放學後會一起去吃甜點，一起去書店看書，但從來不曾相約在星期日一起出去玩。我們對彼此並不厭惡，只是兩人都不想要無意義地黏在一起。

五月的這個星期日晴朗宜人，我上街閒逛時，看到有個似乎見過的女孩從商店街一角的手機代理店裡走出來。仔細一看，那是小佐內同學。為什麼我會覺得每天在學校碰面的小佐內同學「似乎見過」，還得「仔細一看」才能認出她，原因在於她的打扮。

小佐內同學穿水手服的時候很沒有存在感，很符合「陰沉」、「不起眼」、「死氣沉沉」這些形容詞，但她今天穿的是粉紅色小背心搭白色外衫，奶油色的牛仔五分褲，妹妹頭蓋在皮帽之下所以不太顯眼，給人一種「平時是活潑的高中女生，但今天有點懶散」的感覺。就算班上同學遇到她，也不會發現她是小佐內同學吧。

這形象改變之大簡直可以算是喬裝了。對她來說，這可能真的是喬裝吧，因為我們太渴望當個小市民了。

成功看穿小佐內同學變裝的我悄悄靠近她的背後，但我潛伏的技術遠比不上小佐內同學，走到她後方幾公尺的距離時她就突然回頭。我是沒打算嚇她啦，但我也沒想過會被嚇到。在那頂壓得很低的皮帽之下，小佐內同學露出了微笑。

「真巧呢，小鳩。」

「嗯，是啊。」

我一邊回答，一邊懷疑她是不是發現我從後面悄悄接近。小佐內同學可能從我的表情看出了我的心思，就把右手拿著的東西給我看。那是手機，摺疊式，現在是打開的，但是沒有開機。

「從螢幕可以看到後面。」

「咦？光靠這個就能看到嗎？」

手機螢幕黑漆漆的，反光效果不太好，當成鏡子拿來看後方，應該看不清楚吧。小佐內同學搖搖頭說：

「我一發現有人靠近就望向那邊。」

她指著一面擦得很乾淨的櫥窗，上面映出小佐內同學和我的身影。唔……她還是那麼地多謀。「多謀」好像不是稱讚的話，所以我就沒說出口了。

正覺得佩服時，我突然發現小佐內同學的手機和平時用的不太一樣，就指著手機說：

「啊，妳換手機了？」

小佐內同學點頭，把打開的手機摺起來，再拿給我看。那是平凡的象牙色，非常薄，上面附有照相機的鏡頭。

「喔？有照相機功能啊？」

小佐內同學不知為何顯得有些害羞。

「我之前用的手機有點舊了……」

「我的手機根本不只是『有點』舊。」

「啊，對不起，我沒有批評你的意思。」

我又沒有被打擊到。我搖頭笑著說：

「妳今天是出來買手機的？」

聽到我這麼問，小佐內同學的表情就沉了下來。

「……不是，雖然我確實想買手機……」

「嗯？還有其他理由嗎？」

「不是。」

她輕輕搖著纖細的脖子。

「我只是覺得出來購物心情應該會好一點。」

她夢囈似地說道。我想了一下，但想不出她心情低落的理由，春季限定草莓塔那件事都已經過去好幾天了。

「怎麼了？」

「……前天我被叫到訓導處。」

「啊，對耶。」

前天星期五，我也聽到了校內廣播在叫小佐內同學。我很懷疑過著平靜生活的小佐內同學為什麼會被叫到訓導處，但沒多久就忘了。

「是什麼事？妳挨罵了嗎？」

她搖頭。

「我沒有挨罵，可是被問了很多事……關於腳踏車的事。」

「腳踏車？被偷走的那輛？」

「嗯。那輛車在奇怪的地方找到了。」

「找到了？那不是很好嗎？」

「該說是找到了，還是被看到了呢……」

小佐內同學露出迷惘的表情。我本來想打圓場說「不想講就別講了」，但小佐內同學搶先一步下定決心，繼續說道：

「上星期日出現了小偷，我的腳踏車也出現在那裡。」

「……有人看到了？」

小佐內同學微微地點頭，迅速地說下去。

「在本戶町，有個叫五百旗頭的學生住處遭竊。上星期日不是有選舉嗎？」

喔，原來選舉結束了啊？對耶，最近的確安靜多了，也看不到宣傳車了。

「在他出去投票的三十分鐘之內有人潛入屋內，雖然印章被偷了，但存款簿沒事，所以應該沒有遭到損失，不過我的腳踏車在那時被看見了。真麻煩……對不起。有個比較小心的鄰居看到一個年輕人在路邊鬼鬼祟祟的，好像是在監視，心裡覺得很奇怪，所以特地記下了停車證的號碼。」

原來船高學生想要騎腳踏車上學還得申請停車證。因為我是走路上學，所以不太清楚。

「後來警方來調查，得知停車證的號碼是我的，所以我就被叫去訓導處了。」

「妳被當成小偷了嗎？」

「沒有，他們很快就明白我的車是被偷走的了。」

不知道是不是我太多心，我總覺得此時小佐內同學的臉上有點嘲諷的味道。小佐內同學忿忿地說道：

「他們還責怪我為什麼會被偷走腳踏車，讓我心情變得很差，所以才想出來買東西。」

喔喔，這倒是挺正常的。

天氣很晴朗，有點熱。我看看手錶，剛過下午一點。五月陽光正盛，再曬下去就得擔心紫外線了。我遮著眼睛望向天空，然後笑著說：

「這樣啊。那妳就盡情地購物吧……不過我們要不要先找個涼快的地方休息一下？」

小佐內同學沒有立刻回答，她學著我的動作抬頭看天，然後盯著我的眼睛，最後望著自己的腳邊。

「我的心受傷了……」

哎呀，真是的。

低調的小佐內同學很少主動拜託我什麼事，而且她傷心生氣也是真的，我還是大方一點好了。是說我出門時真該多帶點錢。

「……好啦，我請妳啦。」

「附近某一間店有在賣很好吃的自製優格，聽說他們的果醬也不錯。」

小佐內同學馬上這麼說，她沒有露出開心的表情，默默地重新戴好皮帽。看來她本來就打算要去那間店。小佐內同學一定也很清楚，要讓自己恢復心情，吃甜食會比購物更有效果。

直接說結論，小佐內同學想吃的優格得先擱置了。我們才走了沒多久，我那舊手機就收到了訊息，內容是這樣的：

『有空嗎？』

寄件人是健吾。我一邊走，一邊如實地回覆。

『正在散步。』

『那就是有空了。我要請你來我家。快來吧。』

我感覺到自己的眉毛挑起來了。真難得，健吾竟然會在假日找我。我沒有理由拒絕他，不過等我和小佐內同學吃完優格再去也行吧。

『我現在正在和小佐內同學散步，晚一點吧。』

過了一下子。

『剛好，我也想為上次那幅畫的事謝謝她。一起來吧。』

對耶，那兩幅畫的問題是用小佐內同學的名義解決的。唔……該怎麼辦呢？我是無所謂啦，而且我和小佐內同學吃甜點的機會多的是。問題是小佐內同學想不想去。

因為我忙著傳訊息，走得越來越慢，小佐內同學已經先走了一小段路。我朝著她的背影叫道：

「等一下。」

小佐內同學轉過頭來。

「健吾要找我去他家。」

「……這樣啊。那我先走了。」

「不是啦，他叫妳也一起去。」

小佐內同學睜大眼睛。這樣一看我才發現她的眼睛挺大的。

「我也去？」

「是啊。妳若不想去也不勉強啦。」

我還以為小佐內同學會很猶豫，但她從短暫的驚訝之中平復過來之後，立刻點頭說：

「嗯，走吧。」

「咦？妳要去嗎？他叫我們立刻去，那妳不吃優格了嗎？」

「嗯。不行嗎？」

也沒什麼不行的啦，但我有些意外。小佐內同學明明非常怕生，而且她竟然願意放棄讓我請吃優格的機會。

「堂島他家在哪邊？」

我告訴了她大致的位置，她想了一下，就說要先回家一趟。我在腦海裡構思著地圖，小佐內同學的家確實在前往健吾家的途中。

我們離開鬧區，依照小佐內同學的要求先回她家，她花十分鐘換了衣服，把小背心換成了高領上衣，牛仔五分褲換成了長裙，皮帽也脫掉了，變得非常樸素。換句話說，她解除喬裝了。

2

健吾家是老舊住宅區裡的獨棟房子，我在小學的時候去過兩三次，因為已經隔了很久，我本來還有點擔心會迷路，沒想到很順利地到達了。他家和鄰居家距離不到一公尺，磚牆圍繞在兩層樓建築的前後左右，宣示著房子的邊境。我按下門鈴，健吾立刻走出來。他穿的是T恤和牛仔褲，打扮得很輕鬆。

「你們來啦。」

健吾一邊說，一邊做出窺視我後方的動作。小佐內同學躲在我的背後。

「妳好，小佐內同學。」

「……你好。」

我感覺到她微微地點頭。

「好了，進來吧。」

我們被請進屋內，走進木頭地板的走廊。我以前不覺得健吾家很大，如今長大了就更覺得狹窄了，不過客廳裡東西不多，又有很大的窗戶，雖然只有三坪大小，感覺還是很開敞，而且冷氣也很有力，真是令人慶幸。我們三人圍著一張大桌子，坐在格紋的座墊上。

「等一下，我準備了好喝的熱可可。」

健吾留下這句話就走出去了。

「……熱可可？」

小佐內同學訝異地喃喃說道，可能是覺得粗枝大葉的健吾和香甜熱可可的形象連不起來吧。我突然懷疑健吾是不是隱藏著幽默的另一面，但又立刻否定了這個想法。健吾絕對是個表裡如一的人。

沒等多久，健吾就回來了，手上還端著托盤，上面放著咖啡杯，杯中滿滿地盛著熱可可。健吾小心翼翼地避免熱可可溢出，把托盤放在桌上。我們各自伸手，拿起最靠近自己的杯子。

「你說這可可很好喝？」

「是啊，這是 VAN HOUTEN 的。」

VAN HOUTEN 賣的不就是普通的可可粉嗎？在超市裡多半都是和森永的放在一起。

我是沒有比較過啦，但應該算不上很特別的東西。看健吾一副信心十足的樣子，我不好意思潑他冷水，所以什麼都沒說。我偷瞄小佐內同學一眼，發現她露出吃驚的表情。

大熱天在冷氣房裡喝熱可可。我把嘴巴貼在杯子上，感覺不會太燙，但可可比一般溫度更熱。仔細想想……不，不用想也知道，喝冷飲會比較舒服。算了，我們是受人招待的，就不要太挑剔了。而且這熱可可確實挺好喝的。真沒想到，健吾竟然做得出這麼好喝的熱可可。

「這是把可可粉加入熱牛奶做成的吧？」

「當然。」

「融得很均勻，要做到這樣還挺不容易的。」

我不像小佐內同學那麼愛吃甜食，當然也不是可可專家，但我還是喝得出來這比自己做的更好喝。若要說可可哪裡不好，那就是粉末沒融化的口感，但是健吾做的熱可可卻沒有半點粉末的感覺。

健吾燦然一笑。

「你嘗得出來啊？要我傳授祕訣也可以啦。」

「這倒是不必。」

「你就聽嘛。只要改變一個步驟，味道就會截然不同。能把熱可可做成這樣，已經達到專業甜點師的境界了。」

既然他自己想說，又何必問我想不想知道。

「步驟？像是先加砂糖再加鹽嗎？」

「喔？有人會在熱可可裡面加鹽啊？」

我也不知道。小佐內同學默默地吹著熱可可，她很怕燙。既然連健吾都知道熱可可的做法，那小佐內同學一定也知道，但她只是拘謹地縮著身子，持續地吹著可可。我只好認命地擔任聽眾。

「你要教我嗎？」

「仔細聽好了，先把可可粉放進咖啡杯，然後倒入熱騰騰的牛奶，祕訣就是牛奶不要一次全加進去。」

「喔？」

「然後攪拌加了少量牛奶的可可粉，直到變成糊狀。」

他做出攪著研磨鉢的動作。

「等到可可粉完全變成糊狀，再加入牛奶。加入的分量就看你想喝多少。然後再加入適量的砂糖攪拌均勻……」

他又扭動手腕做出用調酒棒攪拌的動作。

「然後就會變成這樣。」

他指著咖啡杯。我又看看自己杯子裡的熱可可，「喔喔」地讚嘆。

「原來如此，多了這一道步驟，喝起來的確完全不同。哎呀，我聽到了有趣的祕訣呢。謝謝你。」

雖然我直率地表示感佩，健吾卻露出難以形容的表情，既非不悅也非困惑。他開口說了「喂，常悟朗」，卻沒有繼續說下去，反而清了清喉嚨，大聲說道：

「對了！」

他換話題的技術還真差。健吾把身體轉向小佐內同學。

「上次的事聽說是妳幫忙解決的，感謝妳的關照。」

健吾低頭行禮。正在喝可可的小佐內同學把半張臉藏在咖啡杯後，全身僵直。

「多虧妳的幫忙，讓我在學姊面前很有面子。謝謝。」

喔喔，仔細一看，小佐內同學維持跪坐的姿勢往後仰。她的動作真靈活，是不是腳的大拇指有特別的技巧？

「我應該更早向妳道謝才對，畢竟我和常悟朗都完全不了解繪畫。常悟朗有妳這個朋友真是幫了我一個大忙。」

把臉藏在咖啡杯後的小佐內同學偷偷朝我瞄了一眼，大概是在暗示我制止健吾。

「對了，健吾，前陣子……」

但是我這招不管用。

「雖然聽常悟朗得意洋洋地解釋過，不過我很好奇，妳竟然不用親眼見過那東西就能解開謎底。到底是怎麼想出來的，可以告訴我嗎……」

「我、我……」

小佐內同學放下咖啡杯。

「我想借一下廁所。」

她話都還沒說完就站起來。健吾露出一副撲了個空的沮喪表情。

「喔喔，廁所啊，玄關左轉就是了。妳找得到嗎？」

「應該沒問題。」

小佐內同學迅速地走出客廳。我望著她的背影，為我沒能支援成功的事默默道歉。

木頭地板的走廊傳來漸行漸遠的腳步聲。健吾豎耳傾聽，像是要確認她走遠了，然後突然望向我。我感覺他似乎想說什麼，就主動問道：

「所以？你在星期日把我找來，是想要跟我說什麼？」

健吾卻搖頭說：

「沒有什麼特別要講的事。」

「你只是為了分享好喝熱可可的做法才把正在散步的我叫過來的嗎？這似乎不是什麼值得感謝的事耶……雖然能喝到美味的可可確實令人開心啦。」

我的語氣與其說是質問，更像是調侃，但健吾好像很高興看到我這種反應。

「看來你的尖銳還沒有完全消失嘛。」

「什麼意思？」

健吾的手指離開了咖啡杯的把手。

「我不擅長拐彎抹角。」

「我知道。」

「我就直接問吧，你在國中到底發生了什麼事？簡直是變了一個人。那個殺都殺不死的小鳩常悟朗到底去哪了？」

「我有嗎？譬如說？」

我故意裝傻。

健吾的語氣倒是比我想像得更沉著。

「譬如說……全部吧。剛才也是一樣，我只不過教你做熱可可的方法，你竟然說『聽到了有趣的祕訣呢，謝謝你』。」

我啜飲著熱可可。這種熱天還是應該喝冷的。

「我還是聽不懂。以前的我是怎樣的？」

健吾瞪著我看，但還不至於到凶狠的地步。哎呀，真叫人懷念，我以前也經常和健吾互瞪。

「……以前的你非得把知道的事情全都說出來不可，如果別人知道而你不知道，你還會不服輸地出言諷刺。

不過，現在的你性格更惡劣，雖然乍看之下好像變得比較圓融。嘴巴和脾氣都很壞的死小孩變成了臉上掛著笑容、居心叵測的討厭傢伙。」

……真是的，竟然被人說成這樣，我可是努力讓自己在表面和心中都成為親切的小市民呢。在毫無防備地面對如此單刀直入的進攻是最難應付的了，但是能幫我開脫的小佐內同學卻不在場。一定是我剛才沒幫到她才遭到報應。我拚命思索該怎麼回避健吾的逼問，但又想不出好方法。我想著想著就覺得有些生氣，但我的臉上仍掛著笑容，靜靜地說道：

「從你剛才說的話聽來，你是想問我在國中時代發生了什麼事吧？」

「就是這樣。」

我又喝了一口可可，放下杯子，輕輕舉起雙手。

「答案簡單得很，什麼都沒發生過。或許我剛進入國中時真的就像你說的那樣，但是畢業時自然而然地就變成了一個『小市民』。」
銳利的眼神。
「……我不相信。」
「你高興就好。」
「正所謂江山易改本性難移。如果不是發生過什麼大事，以前的常悟朗不會變成現在這樣。」
「正所謂士別三日刮目相看。我們都三年沒見了，你才是一點長進都沒有。」
我把視線從健吾的臉上移走，現在的我已經不適合和人互瞪了。健吾嘆了一口氣。
「聽到你的嘴裡說出『就是說啊』、『正是如此』這些話，我就覺得不舒服，你心裡明明不是這樣想的，你從來不是會乖乖附和別人的那種人。」
才沒這回事，我可是一直要求自己要坦率聽別人說話的。或許我現在做得還不夠好，畢竟我還在學習中，就別太苛責我了嘛。
我感覺自己的語氣變得越來越冰冷。
「覺得不舒服的話，那你就努力適應吧。」
「我說話比較不好聽，不過你應該知道我的意思吧。」
我聳聳肩，說道：

「是啊，我知道，不過你是不是很期待我有什麼簡單易懂的創傷啊？太可笑了，才沒有那種事，什麼都沒發生過。我並不是因為特定理由才想當個小市民，就像你也不是因為特定理由才想當個好人。你就是為了談這些事才把我叫來嗎？既然如此那我……」

我突然想起一件事。雖然我說得好像要立刻走人，但我還不能走，小佐內同學還沒從廁所回來。她的動作會不會太慢了啊？

我又恢復了柔和的表情。我知道健吾一定覺得很無趣。

「啊，借一下廁所喔。」

「……隨你便。」

3

我並不想上廁所，但還是走到廁所前。門把上顯示著「開」字，看來沒有上鎖。那麼小佐內同學上哪去了？在這麼狹小的房子裡……不，應該說是不需要花很多時間打掃的房子裡，她應該不會迷路吧。我呆立在廁所前思索著這些事，突然聽到了說話聲。

「可是，那樣的話分量就……」

「是啊。不過……」

聲音應該是從廚房傳來的。聲音有兩個，一個是小佐內同學，另一個應該是健吾的姊姊知里。我打算偷看，但是剛走過去就被眼睛很利的小佐內同學發現了。

「啊，小鳩。」

既然被看到了，我也沒辦法，只好走到兩人面前。知里姊瞥了我一眼，說道「歡迎」，然後就盤起雙臂。我和健吾往來是小學時代的事了，在那之後我都沒見過知里姊。聽說她也正在船高就讀，所以我或許不該叫她知里姊，而是要叫知里學姊。健吾的臉有稜有角，知里學姊的臉型不是這樣，但五官的輪廓跟他一樣深。健吾給人的印象是「結實強壯」，知里學姊給人的感覺則是「相貌突出的人」。她應該很適合穿高跟鞋吧。此時她正緊抿著嘴。

「……怎麼了？」

我問的是小佐內同學，但回答的是知里學姊。

「我們要接下笨蛋健吾的挑戰！」

啊？

大概是我的表情太痴呆了，小佐內同學噗哧一笑。知里學姊放下雙臂，指著流理台的水槽說：

「水槽是乾的！」

「喔……」

「而且裡面只放著一支湯匙。」

我望向水槽。的確，裡面只有一支小小的湯匙，前端沾著巧克力色的液體，應該是用來攪拌可可粉的湯匙。

「那又怎麼樣？」

知里學姊抓抓頭髮。

「真遲鈍。健吾不是幫你們泡了可可嗎？」

沒人會說「泡」可可吧，「泡」字是浸泡的意思，茶葉可以用泡的，咖啡也可以用泡的，但這個字不適合用在可可。我沒有說出這些話，如果被認為「居心叵測」我也沒辦法。

「是啊。不過妳怎麼知道？」

「是我剛剛說的……」

小佐內同學小聲地說道。只不過是說出健吾請我們喝熱可可的事，她何必這麼內疚呢？

「既然要做熱可可，而且是用牛奶做的熱可可……」

知里學姊一邊說，一邊伸手比向整個流理台。

「這裡應該要有平底鍋才對吧。」

喔喔，對耶。要做熱可可得先加熱牛奶，要有鍋子才能加熱牛奶。其實不一定要用平底鍋，用中式炒菜鍋或湯鍋也行。

「可能已經洗乾淨了吧。」

我不加思索地說道，知里學姊卻立刻指著我說：

「你真遲鈍。我都已經說了水槽是乾的啊。」

她的情緒還真高昂……

由於剛才跟健吾的那番對話，而且老實說，那並不是很愉快的對話，所以我的心情不太好，如今看到知里學姊情緒這麼高昂讓我有些意外，但我也因此輕鬆了許多。我露出苦笑，心中的憂鬱頓時一掃而空。我聽說過能笑是好事，看來無論是哪種笑都有用。

「既要做熱可可又不弄濕水槽……有可能做到嗎？」

「天曉得。健吾應該費了不少心思吧。」

「如果我叫你現在試著做做看呢？」

「我沒辦法。」

「我也一樣，那女孩也是。」

被她指著的「那女孩」輕輕點頭。知里學姊縮回手指，握起拳頭，氣得渾身顫抖。

「……不可原諒。」

竟然說不可原諒。

「你叫小鳩吧，你不是和健吾認識很久了嗎？」

「嗯，是啊。」

「那個笨蛋健吾做得到，你卻做不到，你不會覺得不甘心嗎？」

「是很不甘心。」

我直覺地回答之後，才發覺說錯話了。我不小心說出了真心話。小佐內同學小小聲地叫道：

「小、小鳩！」

知里學姊倒是露出非常滿意的表情。

「就是嘛，就是嘛。那你要不要和我一起挖掘健吾的行動啊？」

事情發展得有些奇怪。話雖如此，說出去的話也收不回來了，而且既然是健吾想得到的方法，我還不至於絞盡腦汁也想不出來。既然如此，那就試試看吧。

其實這並不是太艱難的問題，只要用平底鍋以外的東西加熱牛奶就好了。這個廚房不大，但電器用品很齊全，當然也有那個東西。

我環視一圈，果然找到了。微波爐。比我想像的更大。

「這台微波爐挺大的。」

聽我這麼說，知里學姊就驕傲地挺胸說道：

「我經常用這個做甜點呢。還可以用來代替烤箱。」

我注意到一直默默站在一旁的小佐內同學用羨慕的眼神望著微波爐。

「……如果是這麼大的微波爐，連八號蛋糕都放得下吧。」（註3）

「你一定覺得他是用微波爐來加熱牛奶吧？」

我點點頭，我也發現知里學姊的語氣中帶著輕蔑。

「如果是用微波爐，就不需要鍋子了。」

「可是那樣就需要非金屬的容器了。這裡有各式各樣的容器，有陶瓷的，還有塑膠的，那個碗也挺適合的。不過你真的很遲鈍耶。我要說第三次了，水槽是乾的。」

對耶，這樣根本沒有多少差別。

不，牛奶不一定要全部一起加熱啊。我豎起三根手指。

「可以這樣做啊：準備三個咖啡杯，倒入牛奶，放進微波爐，就能做出三杯熱牛奶了。」

小佐內同學在一旁小聲地提醒說：

3　八號指的是直徑24公分的蛋糕尺寸。

「可是，小鳩，我們喝的又不是熱牛奶……」
「嗯，我們喝的是熱可可，所以要再用湯匙加入可可粉。」
「可是，小鳩，我們喝的也不是普通的熱可可……」
我正想問「什麼意思」，然後就立刻想到，沒錯，我們喝的不是普通的熱可可，而是「好喝的熱可可」。我剛才還聽到了做法，是要在放入可可粉的杯子裡加入少量的熱牛奶。
也就是說，除了最後盛放熱可可的杯子之外，還要有倒入牛奶的容器。
可是水槽是乾的。我忍不住喊出聲來：
「嗚哇……」
知里學姊盤起雙臂。
「你應該發現問題所在了吧。沒錯，那個笨蛋健吾不知道使了什麼手段，如果他沒有使用碗之類的容器，如果他是把牛奶裝在咖啡杯裡放進微波爐加熱，那就應該會用到六個杯子。」
雖然只是小錯，但我還是忍不住糾正。
「不對，用四個就好了。先加熱三杯牛奶，再準備一個『用來做出好喝熱可可的杯子』，在裡面融化可可粉，做出一杯熱可可以後，就有一個空杯子了。重複同樣的步驟三次，就能做出三杯『好喝的熱可可』。」

但我也被糾正了。

「不行啦，小鳩。如果是用這種方法，做第一杯的時候已經弄濕了湯匙。總共要從袋子裡舀出可可粉三次，所以水槽裡面應該要多兩支湯匙才對……」

我猜小佐內同學對這件事並不感興趣，但她看到我堅持挑戰知里學姊出的謎題，還是很有義氣地加入了。我在心中默默地感謝她。

「以健吾的個性來看，他也不是不可能把濕的湯匙伸進可可粉的袋子。可是，就算他真的這麼做了，還是要準備一個『加熱牛奶用的杯子』和三個放入可可粉的杯子，重複加熱三次牛奶再倒入有可可粉的杯子。」

這麼一來就要使用微波爐三次，非常麻煩。我怎麼想都不覺得健吾會這樣做。

知里學姊一臉放棄地搖搖頭說：

「你們幹麼一直在這件事上糾結啊？不管怎麼說，這樣都得用到四個咖啡杯，然而實際上他只用了三個杯子。」

唔……我歪頭思索。

剛才那番討論並非徒勞無功，我還是從裡面找到了方向。我對著她們兩人喃喃說：

「唔……依照我的想法，這件事只要重新釐清問題就能解決。」

「嗯？重新釐清問題？」

「我一開始的想法是這樣：『除了最後盛熱可可的容器之外，還得有倒入熱牛奶的容器，但我們卻找不到，這是為什麼呢？』不過，現在問題變成了『有三杯熱牛奶，所以還得有個類似研磨缽、用來攪拌可可粉的道具，但我們卻找不到，這是為什麼呢？』就是這樣重新想清楚。」

「喔……」

知里學姊露出了別有深意的笑容。我有點在意她的表情，但我更有興趣的是解決眼前的謎題。

等一下。依照我們先前的想法，做出三杯熱可可要有四個容器，但實際上只用了三個。既然如此……

「說不定是這麼做的。」

她們兩人同時朝我望來。

「也就是說……『好喝的熱可可』或許只有兩杯，另一杯是直接把可可粉灑進熱牛奶，就是一般的、喝起來粉粉的熱可可。」

如果是這樣，用我們剛才討論出來的兩種方法都可以做出兩杯好喝的熱可可和一杯普通的熱可可。

知里學姊喃喃說著「原來是這樣啊」，但小佐內同學的眼神在半空游移，然後一臉擔憂地看著我。她是不是想要反駁又不敢開口？我思索著小佐內同學何以有這種反應，很快就想到了答案。

「啊，對不起，這是不可能的。」

「為什麼？我倒覺得健吾很有可能隨便做了自己的那一份。」

「知里學姊當時不在場，所以才不明白。當時我們是從托盤上的三杯熱可可裡各自拿起一個杯子，而且健吾不是第一個拿的。」

如果健吾懂得魔術師的控制心理技巧，應該有辦法讓我們兩人挑出他想要的結果。不過，殺雞焉用牛刀，分配熱可可完全沒有必要用到魔術師的控制心理技巧，而且我也不認為健吾有那麼精明。

所以我們還是得想辦法用三個容器做出三杯熱可可。

唔……健吾到底是怎麼做的？他明明從未展露過聰明的一面。

沉默繼續籠罩著我們。三杯熱可可，好喝的熱可可，這些詞彙在我的腦海中打轉。在我的腦子被可可浸透之前，小佐內同學喃喃說道：

「可以用兩杯熱牛奶做出三杯熱可可……」

「啊？」

我和知里學姊驚訝地轉頭，小佐內同學頓時慌張地四處張望，大概是想找遮蔽物吧，但這裡是廚房，她找不到躲藏的地方，只能縮起身子，低下頭，用細微的聲音繼續說：

「先把牛奶裝在兩個咖啡杯裡放進微波爐，做出兩杯熱牛奶，再準備一個空杯子，在裡面融化可可粉，做出兩杯好喝的熱可可。到這裡都和小鳩一開始說的一樣。接著把兩杯熱可可各倒出三分之一到空杯子裡，這樣就能做出三杯好喝的熱可可了。」

這樣啊。可是……

我還沒開口，小佐內同學就自己先說：

「可是，這樣三杯都只裝了三分之二的熱可可，而我們喝的三杯熱可可幾乎都快滿出杯子了。」

「妳既然知道，幹麼還這樣講？」

知里學姊問得很有道理，小佐內同學立刻紅了臉。

「我只是想要避免冷場……」

真體貼。實在太體貼了。

我的心中感動不已，知里學姊突然高聲說道：

「啊！我知道了！就是這樣，跟這小丫頭說的一樣！」

「小丫頭……」

小佐內同學喃喃說道，似乎不喜歡這種稱呼。知里學姊不加理會，迅速地說道：

「用剛才說的方法就可以用三個杯子做出三杯熱可可，再來就是分量的問題。所以只要做出比較濃的熱可可，再補些牛奶就好了。」

我立刻反駁說：

「這樣可可會變冷，但我們喝的熱可可明明就熱到沒辦法立刻喝。」

「之後再用微波爐加熱一次就好，立刻就能變成熱呼呼的。」

……也是啦，這樣確實可以用三個容器做出三杯熱可可。但是……

「先加熱兩杯牛奶，做出三杯熱可可，補上牛奶，再加熱一次。這樣未免太麻煩了。」

「他是故意要挑戰我們的。」

「怎麼可能嘛。如果健吾主動出題『猜猜看要怎麼做出熱可可』也就算了，如果他不打算向我們展示製作過程，何必用這麼麻煩的方法？」

知里學姊低聲沉吟，閉口不語，然後又盤起雙臂。

「若是用這種方法，我也能用三個杯子做出三杯好喝的熱可可，但我不喜歡比笨蛋健吾更沒效率……哎呀，為什麼可可是粉末的嘛！」

這根本是在遷怒嘛。不過她這句話讓我想起一件事。

「對耶！怎麼會這樣呢！或許我想錯了。」

「嗯？想錯了？」

「是啊。我一直認定健吾是用可可粉做出熱可可的，說不定他其實瞞著我們買了濃縮可可之類的東西……」

知里學姊垮下肩膀。她一副厭倦地走近冰箱，打開門，冰箱門內側的蛋架下面、盒裝牛奶的旁邊有一個咖啡色的袋子。

「是可可粉。普通的可可粉。」

小佐內同學補充說：

「是 VAN HOUTEN 的可可粉。」

沒錯，放在那裡的確實是普通的可可粉。

「為什麼要放在冰箱裡？」

「大概是為了保持乾燥吧。健吾的行為應該沒有太深的涵意。」

喔喔，原來如此。我好像聽說過，把煎餅放在冰箱裡就不會受潮了。不過我似乎也聽說過，現在的冰箱沒有這種效果。

總之，我明白了熱可可的材料並沒有隱藏著什麼不為人知的祕密。唔……這下子真的是無計可施了。

小佐內同學戰戰兢兢地建議說：

「如果很想知道的話……直接去問堂島不就好了嗎？」

知里學姊立刻回答：

「駁回。」

我先前沒有清楚表達，其實我的心情也跟她差不多。我說無計可施有點開玩笑的意味，不過我真的想不到其他可能性。有沒有什麼突破點呢？健吾總不會使用魔法吧。有沒有用三個容器來代替四個容器的辦法？有沒有能用一發子彈打倒兩人的魔法？「有三杯熱牛奶，所以還得有個類似研磨缽、用來攪拌可可粉的道具，但我們卻找不到，這是為什麼呢？」這問題假設得有點怪，裡面或許包含了不必要的成見。

小佐內同學看著沉思的我。

知里學姊慢慢地踱步至廚房中央。

「為什麼水槽是乾的？杯子和碗也都是乾的。難道是洗完之後擦乾的嗎？但水槽裡又留著湯匙。」

水槽是乾的。既然住在這個家裡的知里學姊如此執著這一點，而且也沒看到洗碗機，所以應該不是用機器洗的吧。

我盯著自己的腳，專心思索。我不是為了答出知里學姊的問題，更不是為了和健吾一較高下，而是因為我喜歡思考。

若要洗乾淨第四個容器，讓我們看不出來是用來做熱可可的，那水槽一定會弄濕。我不認為健吾會為了瞞過我們而特地擦乾水槽。既然水槽沒用過，第四個容器應該還是濕的。如果有濕的東西，我不可能沒有發現。

……真的嗎？

「如果有濕的東西，我不可能沒有發現。」

我把心中的想法說了出來。我覺得思路好像抓到方向了。

「小鳩……」

「所以問題可以改成這樣：『要做出三杯好喝的熱可可，就要有濕掉的第四個容器。那麼第四個容器是什麼呢？』有三個被可可沾濕的咖啡杯，第四個如果洗過，上面應該殘留著水，如果沒有洗過……」

錯不了。就是這樣。釐清問題之後，答案就很明顯了。

我猛然抬頭。

「知里學姊！」

「怎、怎樣？」

「請妳打開冰箱。」

知里學姊對我的態度感到疑惑，但還是順從地照做了。真的行得通嗎？以時間來看，證據的效力應該還沒消失吧。

「我打開了。要做什麼？」

我指著冰箱裡的某處。

「請妳拿起那盒牛奶。」

知里學姊依言把手伸向牛奶，但卻立刻縮回手指。意想不到的觸感令她失聲叫道：

「這個……」

「是熱的對吧。」

解放感，以及成就感。我忍不住浮現微笑。

健吾是把整盒牛奶放進微波爐裡加熱的。既然微波爐大到可以用來烤蛋糕，自然放得下整盒牛奶。裝在金屬裡的東西不能放進微波爐加熱，而紙盒擋不住微波。第四個濕掉的容器是什麼？答案就是牛奶盒。

我仰頭深深長嘆。

知里學姊握緊拳頭，憤然叫道：

「那個沒規矩的渾小子！」

4

我們兩個人去廁所去了半天，讓健吾很不高興。他問我們到底在做什麼，我們誠實地回答是在和知里學姊說話，他又問我們說了什麼，我就說她出謎題給我們解答。

後來只是普通地說說笑笑。因為有小佐內同學在場，所以健吾沒再提出尖銳的問題。我們沒有待太久就離開了。

回家時還不到傍晚。我想起了知里學姊說的話。

——真有你的！從你還是小學的小毛頭時，我就覺得你的頭腦很好了。

——健吾很擔心你呢，他說你現在顧慮很多，心裡的話都不說出來。

——不過他應該是白擔心了，我看你明明很有幹勁啊。

——你很積極，幾乎到了投入的地步。

——總之請你跟我的笨蛋弟弟好好相處吧。

積極。投入。這兩個形容詞都不適合小市民。

小佐內同學一直沉默不語，也沒有看我一眼。是不是我說錯了什麼話？還是我做了什麼惹她不高興的事？這些小市民的擔憂又回到了我的腦中。

不過，其實我很清楚小佐內同學為什麼沉默。

我在小佐內同學的住處前面說了「掰啦」，本來想要就此離開，但我覺得拖到星期一鐵定會更加尷尬。我朝著她小小的背影說道：

「嘿，小佐內同學。」

「……」

「沒事的，我不會再做這種事了。因為今天是星期天，所以我才稍微放縱一下。」

小佐內同學轉過身來，長裙的裙襬隨之翻飛。她無力地笑了笑。不過小佐內同學平時的笑容也是這麼無力。

「什麼意思？我聽不懂。」

「小佐內同學。」

「我們有過約定，但我們的約定並沒有限制你想當怎樣的人。今天的小鳩變得像剛認識的時候一樣，如果你覺得那樣比較舒服，就當那樣的你吧。我不在意的。」

當然。我們的互惠約定並沒有重要到必須捨棄其他一切東西。雖然我們的目的都是成為小市民，如果對方想要退出，也沒有理由阻止。

可是，我現在還不打算退出。我說道：

「因為是星期天，所以我有些玩過頭了，只不過是這樣。我不想要再運用智慧了。」

小佐內同學盯著我好一陣子。我開始覺得她的眼神像是在觀察我時，她輕輕地點了頭。

小佐內同學走進公寓。

我打算再散步一下。沿著河流走走吧。

肚裡發撐

1

題目問的是，在葉綠體的基質中，發生卡爾文循環——也就是光合作用碳反應——的位置。我應該要記得的，卻想不起來，換句話說，我記不得。

其他空格大部分都寫了。DNA中由蛋白質合成、分成ACGT四種的是nucleotide（核苷酸）還是nulecotide，這點我不太確定，此外還有一些靠著直覺或運氣來作答的題目，總之至少都寫出答案了。剩下的只有卡爾文循環的位置。只要想起第一個字母，一定可以想起整個單字。A、B、C……不行，沒時間了，從中間開始吧。O、P、Q……這樣根本沒有意義。哎呀，我明明記得的。動起來吧，海馬迴！快連接吧，神經元！時間也給我停下來吧！

結果海馬迴和神經元和時間都沒有回應我的祈求。鐘聲響起，考試結束。

「好，把筆放下，考卷從後面收過來。」

監考老師說道。在考試時，我們是依照名字的拼音順序來排座位的，所以我的座位變成最後一列。我無可奈何地放棄，把部分答案欄空白的考卷往前傳。我不是很渴望考到高分，但是應該記得的東西想不起來實在讓我很不甘心。

總之，考完理科I之後，期中考就全部結束了。有個同學迫不及待地拉開窗戶。真舒服，涼風吹了進來。算了，既然結束了也沒辦法。現在是十二點，我昨晚沒有徹夜苦讀，但還是很晚才睡，今天就早點回家，舒舒服服地睡個午覺吧。

我回到家，吃過簡單的午餐，換上輕便的衣服，躺在床上，腦袋昏沉沉的，我本來以為會睡不著，不過等我被電話吵醒時已經過了三十分鐘。我剛剛似乎睡得很熟，腦袋變得十分清晰，現在的我無論是stroma（基質）還是stromatolite（層疊石）都能輕鬆想起來了。話說原來是stroma啊。卡爾文循環。可是已經來不及了。不對，現在得先接電話。

我踏著輕盈的腳步走到客廳，接起還在響的電話。是小佐內同學打來的。

「喔喔，怎麼了？」

「嗯，就是啊……」

她的聲音聽起來無精打采的。和小佐內同學不熟的人或許會覺得她本來就很沒精神，但我還是聽得出來她跟平時不太一樣。

「你等一下有事嗎？」

「沒有。」

「這樣啊。」

我聽見吐氣聲。她似乎鬆了口氣。

「那個，可以陪我一下嗎？」

這還真是稀奇，小佐內同學竟然會在回家之後把已經回家的我約出來。也罷，反正考試都考完了，而且也睡飽了，無論是什麼事我應該都能奉陪吧。所以我開朗地回答：

「好啊。在哪？」

「唔……」

小佐內同學不知為何沉默良久，然後用細若蚊鳴的聲音說：

「在『Humpty Dumpty』。」

竟然是那裡。我拿著話筒的手頓時握緊。

「妳說『Humpty Dumpty』？那裡不是……」

「別說……什麼都別說。」

她或許有苦衷吧，那就沒辦法了。是小佐內同學自己封印「Humpty Dumpty」的，既然她自己決定要去，我也沒理由阻止。

「好吧，我不多問。那現在要怎麼辦？」

「三點在店門口，可以嗎？」

我瞄了時鐘一眼。還有時間。我答應了，隨即掛斷電話。

換好衣服後，我牽著腳踏車走出家門。此時氣候不上不下，穿春天的衣服太熱，穿夏天的衣服又有點冷。走到一半，我突然有點擔心錢包裡面的錢不夠，所以先去了一趟銀行。雖然先去了其他地方，路上又走得很悠哉，我還是在約定時間之前到達了那間紅磚的小小店面。店前圍繞著山茶花的樹籬，像糖果屋一樣的房子，尖尖屋頂上的煙囪也很可愛，實在不是身為小市民的男性可以獨自走進去的地方。

對了，這是一間蛋糕店。不過……我望向招牌，看到用黃色POP字體寫的「Humpty Dumpty」，我不禁笑出來。「Cake Shop Humpty Dumpty」，翻譯過來就是「覆水難收蛋糕店」。真是令人不知該不該多吃一口、極具衝擊性的店名。之前那間賣春季限定草莓塔的店則是叫「愛麗絲」，本市蛋糕店的老闆不會都是道奇森（註4）的粉絲吧。名字和愛麗絲有關的商店我只知道這兩間。嚴格說來，「Humpty Dumpty」並不是出自《愛麗絲夢遊仙境》，而是出自「鵝媽媽童謠」。不過，如果有間店叫作「傑伯沃基甜食店」（註5）也挺有趣的。

這間店的口味偏甜，奶油和白蘭地之類的風味都很強烈，但又不會太單調，味道拿捏得很好，所以小佐內同學非常喜歡這間店。因為太喜歡，一不小心就會吃太多，所以小

4　《愛麗絲夢遊仙境》的作者路易斯．卡羅的本名。

5　「Jabberwocky」是《愛麗絲鏡中奇遇》書中提到的無聊詩。

佐內同學下定決心不再踏進這間店。順帶一提，她下決心的那天就是我陪她來吃最後一次的，當時她吃下的蛋糕的體積顯然大過她胃袋的容積。

我想起這件事就不禁發笑。

「幹麼一個人站在這裡笑……」

有個聲音說道。是從後方傳來的。我沒聽見腳踏車的煞車聲，也沒聽見腳步聲。我轉過頭去，露出笑容。

「喔喔，妳什麼時候來的？」

「剛到。」

小佐內同學的表情很僵硬。我心想，看來真的發生了什麼事。

「走吧。」

小佐內同學簡短地說完就走進店內。我無奈地跟著走過去，突然注意到貼在門上的小傳單。今天從兩點到五點蛋糕吃到飽每人一千五百圓。

原來是吃到飽啊……

店裡沒有播放背景音樂。

「我要原味戚風蛋糕和咖啡……」

我正在想她似乎打算用戚風蛋糕來暖身時……

「……和千層酥和義式奶酪和草莓蛋糕。」

竟然一開始就火力全開。

我先點了咖啡，接著又想到既然要陪她還是該點個蛋糕，所以點了栗子蒙布朗。我估計大概吃不下兩個，所以沒有選吃到飽，而是單點。在雙人座坐下之後，我才想到現在不是栗子的產季，既然要吃，就該吃當季的東西才對嘛。小佐內同學點的千層酥和草莓蛋糕都有草莓，原來是因為考慮到這一層嗎？真是太專業了。

說是這樣說，還好栗子蒙布朗不難吃。雖然不難吃，但是才吃了一個，肚子就和我想的一樣飽。我一點一點地啜飲著咖啡。小佐內同學三兩下就掃光了義式奶酪，此時正在切千層酥的派皮，她先把千層酥放倒，接著用刀切下一塊，再用叉子插起來，默默地輕咬一口。我總覺得她用刀叉的力道大到超乎必要。

我面帶笑容問道：

「有什麼事嗎？」

「沒有。」

她迅速地回答，然後用叉子刺進千層酥的碎片。小佐內同學鐵定有話要跟我說，才會特意把我叫出來。小佐內同學並不是不敢一個人走進蛋糕店的那種可愛女孩。或許她要講的不是那麼容易啟齒的事，那就是我思慮不夠周詳了。我喝了一口咖啡。

「……考試考得怎麼樣？」

我試著帶話題。我想小佐內同學或許聊著聊著就會打開話匣子，所以挑了個尋常的話題，但小佐內同學一聽見就停下叉子。原本凝視著盤子上千層酥的她抬眼瞄著我。

「嗯，還可以。」

「這樣啊，那真是太好了。」

「可是……」

她剛吃完最後一塊千層酥，又立刻把戚風蛋糕移到面前。

「最後的理科I有一點……」

我附和著說：

「喔？真巧，我理科I也有一題怎麼想都想不起來。」

「我也是，但是有稍微想起一點。」

她一刀切下比其他蛋糕再大一些的戚風蛋糕。

「把蛋白腖和蛋白質分解成肽的酵素。我首先想到peptidase（肽酶），此外什麼都想不到。」

喔喔，很常見的情況。

「我真的幾乎想起來了。就在考試結束前不久，可是那時候……」

小佐內同學似乎連想起那件事都很懊惱，把大到沒辦法一口吃下的蛋糕從中一刀切開，其中一片往旁倒在盤子上。

「玻璃破了。」

「喔？」

她用叉子插起倒下的那片戚風蛋糕，放進嘴裡。

「營養飲料的瓶子從教室後面的置物櫃上掉下來，摔破了，發出砰的一聲巨響……結果我就全都忘光了。考完以後還費了好大的工夫去收拾，雖然瓶子裡是空的。」

「那還真糟糕。」

小佐內同學又抬眼瞄著我，這次她像是在觀察我，眼睛眨都不眨一下。她可能看出我不打算開口，就輕輕嘆了口氣。

「我覺得好難過……所以才會找你。」

總覺得事態有些跳脫。

但我想了一下就發覺，不是因為她解釋得不充分才讓我感到跳脫。總而言之，小佐內同學絕對不是因為「覺得好難過」才想找我。我敢打賭，她的心情一定是「覺得好生氣」，不過她鐵定不會說出來的。

我裝傻地說：

「喔？所以妳從考完之後一直在找我嗎？」

「嗯。」

竟然是這樣。搞不好她連午餐都沒吃。雖說酒是流入另一條腸、下棋是用另一個腦、甜點是裝在另一個胃，但小佐內同學可能是因為肚子餓才挑了蛋糕吃到飽的店。這發展可真有趣。不，這不重要。

「既然要找我，直接傳訊息到我的手機不就好了？」

但小佐內同學一臉怨恨地喃喃說道：

「我傳了，可是你沒有回覆。」

「咦？」

我急忙摸索手機。沒有。到處都找不到。我試著回想，卻不記得自己有把手機從制服口袋裡拿出來。不對，我有把手機放進制服口袋嗎？……啊，對了。

「啊，手機放在學校了。」

「是嗎？」

「嗯。我在考試前關機放進桌子裡，結果就忘記了。」

「這樣啊。」

小佐內同學放下刀叉，抬起頭來。

「……要不要去拿？」

唔。

也好啦。我點點頭。

「嗯，我去學校一下。」

「那我留在這裡吃蛋糕。」

說完之後，小佐內同學又繼續切蛋糕。看著小佐內同學享受甜點其實還挺有趣的，不過我現在得快點去辦事了。

問題很簡單。依照我的想法，這件事只要靠現場蒐證就能解決了。

2

「Humpty Dumpty」位於船戶高中東北方不遠處，而船高本身位於市區的北端，所以騎腳踏車不用五分鐘就到了。

期中考已經結束，社團活動也恢復了，船高的操場上又能看見棒球社和田徑社在練習，校舍門也是開著的。

我先爬到四樓，去自己的教室找手機，果然在我預料的地方找到了。我打開電源，查看訊息。

『一起去吃蛋糕吧。』

『你在哪裡？』

『你沒開機嗎？』

『小鳩？』

……我真是愧對她啊。

我把手機放進口袋，準備去做另一件事。我記得小佐內同學的班級是一年C班。穿便服來學校不太好，我一邊暗自祈禱不要被人看見，一邊在走廊上前進。

可能是祈禱得到了應允，走廊上不見人影，C班的教室也沒有人。我開玩笑地說句「打擾了」，走進教室。

當然，每間教室的模樣都差不多。黑板、講台、講桌、學生桌椅、放掃除用具的置物櫃。不過我卻有種奇怪的感覺。

擅自進入別人的教室，令我有些罪惡感。我覺得自己好像在做壞事。我本來以為這是因為我是個小市民，不過事實並非如此。回想過去，在我成為小市民之前，進別人的教室也會覺得不安。是因為某種特別的心理作用嗎？

我迅速地掃視教室。我心想，真不想讓人看到我這個樣子，尤其不想被健吾看到。如果健吾看到現在的我，一定會笑我變回從前的我了。我自言自語地說：

「……我又沒有給人帶來麻煩，應該沒關係吧。」

明明沒人在看，我還是忍不住想要證明自己的想法，我真的還不夠長進。

或許某處留下了證據。能解釋瓶子為什麼在考試時掉落的證據。如果我想的沒錯，有充足的時間可以處理掉證據，不過這並不代表證據一定會被處理掉，如果凶手太自大或是疏忽了，或許會留下一些東西。

沒錯，這件事是某人做的。

小佐內同學也發現了這一點。

船高教室的地板是油氈材質，置物櫃又不高，就算飲料瓶從最上層掉下來也不至於摔破。如果那種玻璃瓶脆弱到從一公尺的高度掉落在油氈上就會破裂，一定沒辦法在市面上販售。除非是用力砸破的，或者地板是水泥或其他材質。

那麼瓶子為什麼會破呢？……那是因為有人存心這樣做。

首先，必須把蓋子打開。我從小時候惡作劇的經驗中學到，瓶子有沒有蓋上蓋子，會大大影響到瓶身的強度。再來，還需要先刮傷瓶子，最好可以弄出裂痕，不過很難讓裂痕裂得恰到好處，與其如此，還不如先摔破再把碎片拼回去黏起來。

也就是說，瓶子並非自然掉落、自然摔破的。既然瓶子破裂是人為的，那瓶子掉落鐵定也是人為的。

有人動了手腳，讓瓶子在考試時掉落。小佐內同學發現了這件事，就是因為發現了有人蓄意妨礙她考試，她才會生氣到解開她對「Humpty Dumpty」的禁令。

「用大吃大喝來洩憤。」

我無聲地說著，忍不住一個人偷笑。

不過，小佐內同學並不知道是誰做的，也不知道那人做這種事的理由，所以才把我找出來。話雖如此，她已經承諾過無論在怎麼生氣都不會把我找出來訴苦，因為我們是小市民，所以她才找我出來，不經意地提起那件事，再找機會說明情況……看我能為她做些什麼。

事實上，我現在真的跑來調查C班的教室，所以小佐內同學的計謀的確奏效了。

我看了一圈，什麼都沒找到。教室的門窗全都關著，感覺有些熱。春天就快要結束了。

就算找不到證據，也沒有人會感到困擾，不過我還是再多檢查了一次。

我特別檢查了學生的桌子。船高的桌子是以鐵管組成，上面放著薄鐵板做的抽屜，再放上桌面，是很普通的學校課桌椅。

我在巡第二遍的時候找到了要找的東西。凶手果然掉以輕心了。

某一個桌子的前面，在桌面底下、站起來時看不到的地方貼著幾片透明膠帶。上面用油性筆寫了字。

『amylase（澱粉酶）　澱粉↓麥芽糖』

『maltase（麥芽糖酶）　麥芽糖↓葡萄糖』

『sucrase（蔗糖酶）　蔗糖↓葡萄糖和果糖』

諸如此類。其中也包含了小佐內同學想不起來的『trypsin（胰蛋白酶）　蛋白質、蛋白腖↓肽』。

我滿意了，然後撕下透明膠帶捏成一團，放進口袋。找個適當的地方丟掉吧。

回「Humpty Dumpty」時，我輕快地踩著踏板。

事情就是這樣，確實有人設置了機關，讓容易破裂的瓶子在考試中掉落。凶手做這種事，能得到什麼好處呢？

瓶子在考試時掉下來摔破，這時會發生什麼事？

如果瓶子裡面裝了汽油和某種酸，那就是恐怖攻擊了，不過聽說瓶子是空的，所以當時會發生的事情只有一件，那就是「發出巨大聲響」。

那麼，在考試時出現巨大聲響，會怎麼樣呢？

小佐內同學被嚇了一跳，本來差點想起蛋白質分解酵素的名字，卻又忘掉了。這麼一來，一年級理科Ⅰ的平均分數就會稍微降低一點，而凶手的偏差值就會相對升高……如果凶手能料到這些事，鐵定有預知能力。如果凶手有預知能力，與其妨礙小佐內同學答題，還不如直接用來預測考題。

除此之外呢？

發出巨大的聲響時，被嚇到的不只是小佐內同學，當時正在考試，教室裡非常安靜，突然傳出一聲巨響，一定會有很多學生嚇到。何止是被嚇到，就連快要想起來的蛋白質分解酵素的名字都會忘掉……不，別管這個了。我想的是，所有人一定都會望向聲音傳來的方向，也就是教室後面。這種行為是可以被容許的。說得更仔細點，監考老師會容許學生在考試時四處張望。

可以四處張望又如何？

如果在考試中可以堂而皇之地四處張望，也不會是賞花賞月，除了看小抄之外沒有其他可能了。

假裝被聲音嚇到而望向教室後方，頂多只能看個兩三秒，再怎麼久也沒辦法超過五秒，不過理科對我們現在的水準而言只是以背誦為主的生物類考試，五秒鐘用來看小抄已經綽綽有餘。順帶一提，我一開始有想過，或許不是看小抄，而是看別人的考卷，後來想想應該不是，看別人的考卷不太可能只花五秒鐘，而且這樣也太顯眼了。

看小抄是比較安全的做法。既然轉頭不會受到責怪，而且小抄是貼在別人桌子不易看見的死角，所以不會被發現。我可以理解那個人的心情，就算不是小市民也不會想在入學之後第一次考試拿到壞成績。不過這種手段還真無聊。

再來就是讓瓶子在適當時機掉落的機關了。這件事也不難辦。每個人都有手機，只要看準時間，在口袋裡偷偷撥號給放在置物櫃裡的另一支手機，置物櫃受到手機震動，故意放得不穩的瓶子就會掉下去。一般人也想得出這種方法，或者是利用冰塊或乾冰。

紅燈亮起，我停下腳踏車，看看手錶，這一趟耗費的時間比我想像得更久。說不定小佐內同學已經離開蛋糕店了。我傳了簡訊。

『還在蛋糕店嗎？』

還沒變成綠燈之前就收到了回覆。

『正在吃南瓜布丁。』

她吃了戚風蛋糕和草莓蛋糕之後還沒飽啊？真厲害。

3

小佐內同學坐在和先前一樣的座位，吃著和先前不同的蛋糕。我怎麼看都看不到像是南瓜布丁的東西，想必南瓜布丁已經在我從路口到這裡的時候進了小佐內同學的胃袋。桌上還剩下烤起司蛋糕和水果塔和提拉米蘇，是哪一種水果做的水果塔就看不出來了。

我一邊坐下一邊忍不住問道：

「妳還吃得下啊？」

小佐內同學一聽就沉下了臉，無力地搖搖頭。

「我還想吃馬郁蘭蛋糕（註6），但應該沒辦法了。」

言下之意就是她吃得完現在盤子裡的這些東西。真有她的，敢挑戰吃到飽的人就是得有這種氣魄才行。小佐內同學把叉子輕輕插入表面覆蓋著光滑果醬的烤起司蛋糕。

「……然後呢？」

小佐內同學喃喃說道。她的聲音太小，我一時之間還沒意識到她是在問我，之後才想到她是直接了當地在問我成果，我露出含糊的笑容。

「妳說什麼？」

6　Marjolaine，以巧克力和奶油製成的法式甜點。

小佐內同學瞪了我一眼，像是在說「你少裝傻了」，不過這一眼瞪得非常短暫，她的視線隨即移回柔軟的蛋糕上。

「什麼事啊？」

沉默無聲。叉子敲在盤子上的聲音聽起來格外響亮。小佐內同學切下一小塊蛋糕放進嘴裡，然後一直沉默不語。最後她似乎看出我不打算鬆口，就輕輕地嘆了氣。

「……什麼事都沒有。」

理應如此。如果小佐內同學說出她想知道是誰弄掉飲料瓶的，那她就違反約定了，如果我讓她知道我找到了這件事的證據，違反約定的就是我。雖然她的計謀成功，讓我為這件事進行推理，結果還是沒辦法讓她稱心如意，只要我們的約定還有效，我能為她做的頂多就是聽她抱怨而已。

我和小佐內同學約定過，可以用對方當成開脫的藉口。我已經決心逃避、決定不再運用自己的小聰明，而小佐內同學也有自己的理由。健吾指責我變了，其實小佐內同學本來也不是這樣的人，但如今她和我一樣立志當個小市民。就算有人因為自私的理由而阻撓了考試，小市民也不會一直對此耿耿於懷。小佐內同學已經變了。

不過她吃甜點時的食量倒是沒變，甚至比以前更多。

在那之後，小佐內同學都沒有開口。所謂的沒有開口只是形容她沒有說話，事實上她的嘴巴一直打開、閉上，吞進一大堆東西，就連我都看得出來她越吃越快。小佐內同學面無表情，以機械式的動作動著刀叉和湯匙。Humpty Dumpty。覆水難收。也罷，小佐內同學吃胖一點或許會更好。

我又向女服務生點了一杯咖啡，然後一邊喝咖啡一邊觀賞著小佐內同學大快朵頤。她吃完最後一塊提拉米蘇，用自己的淺咖啡色手帕擦擦嘴，喃喃說道：

「有話不說……」

嗯。在這種場合引用這句話再適合不過了。我笑著接下去說：

「有話不說，肚裡發撐。對吧。」

我們走出了「Humpty Dumpty」。我們都是騎腳踏車來的，但小佐內同學想要走路，所以我也牽著車陪她走。至於小佐內同學為什麼想要走路嘛……應該不用說吧？我猜小佐內同學今天應該不會吃晚餐了。

我和小佐內同學都沒辦法從位於北方市郊的「Humpty Dumpty」直接回家，因為途中有一條小河，所以必須先過橋。沿著國道走，道路轉向南方，通往船高附近的市區範圍。

因為小佐內同學一直不開口，我很想說些什麼。我原本就不是擅長言辭的人，我能說的也只有：

「妳還真忍得住。」

小佐內同學聽到這句話就抬頭看我，點點頭，露出微笑。

「只是小事，沒什麼……」

真了不起。

我看看手錶，快要四點半了。我們到達蛋糕店是在三點左右，所以小佐內同學在「Humpty Dumpty」待了一個半小時，不過她應該不是從頭到尾都是用那種速度吃東西的。

國道由西向變成了南向，我們走到L字路口……正確說來應該是還有一條小路通往北方的T字路口。我們不需要過馬路，所以無視紅燈，直接走過轉角。

走到一半，小佐內同學猛然抬頭。她的眼神非常有力，令我忍不住問道：

「怎、怎麼了？」

她尖聲叫道：

「坂上！」

「啊？」

小佐內同學的視線盯著馬路的另一側。有一輛金屬銀色的腳踏車用快到危險的速度衝過去。我沒看清楚，那是……？

小佐內同學咬牙切齒，牽著自行車轉向另一個方向，迅速地跨上去，踩起踏板。我急忙叫道：

「小佐內同學，不行啦！」

現在是紅燈，傍晚的馬路上車子很多，不可能過得去，再說，就算追上了又能怎樣呢？小佐內同學很快也發覺了這一點，只騎幾公尺就停下來了。

「那是我的腳踏車……」

我們只能看著坂上的背影急速離去。坂上筆直騎向T字路口，沿著朝北的小路行進。那條路在不遠處就到達了山丘，變成陡峭的坡道。我們看著坂上跳下來用走的，把腳踏車推上坡道。

小佐內同學目不轉睛地盯著坂上的身影，她是背對我的，所以我看不到她的表情。她能一眼認出坂上確實很厲害，但她一直沒有忘記坂上的臉，就代表她也不夠長進。

坂上牽著腳踏車爬上山丘，漸漸地看不到了。我心想總不能一直呆立在人行道上，所以戰戰兢兢地對小佐內同學說：

「小佐內同學……我理解妳的心情，不過我們該走了，反正也追不上了。」

小佐內同學緩緩轉過頭來。

沒想到她的臉上竟然掛著笑容。她笑著這樣說：

「你理解我的心情……？小鳩，你知道我現在在想什麼嗎？」

被她這麼一問，我只能搖頭。

「看到自己的腳踏車被人好好地使用，我覺得還挺不錯的。」

哎呀，小佐內同學真會硬撐。仔細一看，她的笑容也有點僵硬。我什麼話都說不出來，而小佐內同學依然逕自說下去。

「嗯，今天真是個好日子，考試考完了，也吃到蛋糕了，還看到了自己的腳踏車。今天過得真不錯……」

既然她要這樣說……

「是啊，希望明天也是好日子。」

不過小佐內同學聽到我這句話卻不甘心地咬緊牙關，似乎想要說什麼，又勉強壓抑住，再次露出笑容。

看著小佐內同學勉強的笑容，我心想，如果肚子塞得太滿，或許會讓明天變成壞日子吧。

從各方面來看都是如此。

孤狼的心

1

到了隔天。

我正打開小小的便當時，校內廣播的喇叭突然發出噪音。播音鍵開啟了。我心想這鐵定和品行正直又沒參與任何活動的我無關，所以毫不在意地折開免洗筷。廣播的內容確實和我沒有直接關係，不過還是有間接的關係。

「一年C班小佐內由紀同學，請來訓導處。重複一次。一年C班小佐內由紀同學，請來訓導處。」

若是以前的小佐內同學還很難說，現在的她是很內斂的，她既不會跟人結怨，也不會違反規矩，但又不是那種正經八百的人，而是每天努力地活得樸素平凡。我也是把成為小市民當作目標，但我遠比不上小佐內同學那麼長進。我讓自己融入人群的程度只能說是「低調」，而小佐內同學幾乎到了「隱形」的程度。

這是小佐內同學第二次被叫到訓導處。才剛開學不久就被叫到訓導處兩次，小佐內同學一定很不情願吧。至於她被叫去的理由，我多少猜得到。

或許她需要有人去幫她逃跑。我迅速解決了便當，走到訓導處附近等小佐內同學。

小佐內同學已經進去了，現在大概在裡面聽訓。不到十分鐘，她就拉開門走出來，朝門內鞠了個躬，一轉身就看到我。

「嗨。」

「啊……小鳩。」

我們並肩而行。說是並肩，其實小佐內同學稍微落後我半步。她平時經常低著頭，但現在的她不像是因為戒備，而是真的受到打擊而心情低落，連眼神都有些呆滯。

「是腳踏車的事嗎？」

看來真的被我猜中了，小佐內同學一聽見就驚愕地猛然抬頭，隨即又垂下視線，輕輕點頭。

「怎麼了？」

「唔……聽說發現了。」

「咦！那不是很好嗎？」

我開朗地笑著說，但小佐內同學連頭都沒點一下。她明明那麼在意，卻是這種反應，所以我立刻就意識到絕對不只是發現腳踏車這麼簡單。我有點想催她快點說，不過等了片刻之後，她就主動說道：

「在北葉前，國道往右轉的地方。從那裡直走翻過坡道，被丟在下坡的地方。」

北葉前，國道往右轉的地方。更正確的說法應該是國道由南轉向東的地方，從那裡直走就是T字路口朝北的小路。我一想到那個地方，立刻想起了那件事。

「那不就是我們昨天看到坂上的地方嗎？」

「嗯……如果當時追上去，或許立刻就能拿回腳踏車了。」

小佐內同學用細微的聲音這麼說，不過她多半不相信自己做得到吧。

「有人打電話來說有一輛貼了船高標誌的腳踏車丟在那裡，所以我就被罵了，說我沒有妥善保管。」

我露出苦笑。

「之前也聽過一樣的話呢。」

「是啊。」

由於上次那件事，船高訓導處已經知道小佐內同學那輛貼了停車證的腳踏車被偷的事，結果竟然還責怪她沒有妥善保管，真是太不講理了。不過小佐內同學似乎完全不在意他們的不講理，這是應該的，把別人的不講理拋諸腦後可說是最重要的小市民守則。

照這樣來看，如果小佐內同學如此鬱悶的理由和腳踏車的事有關，我只想得到一種可能性。

「腳踏車是不是被弄壞了？」

小佐內同學抬眼瞄著我，點點頭說：

「打電話來的人說他開車輾過了腳踏車。還不知道壞得多嚴重……」

我是不了解詳情啦，輾到沒人騎的腳踏車算是損害他人財物，小佐內同學應該可以要求對方賠償吧？不過我想碾到腳踏車的人鐵定是想要惡人先告狀。

午休時間的學校非常吵雜。我陪小佐內同學回到教室後，她用幾乎淹沒在喧鬧之中的細微聲音說：

「我放學後要去拿車。你可以陪我嗎？」

我們之間的約定不包含幫助彼此逃跑以外的事。也罷，我還是很爽快地答應了。

2

放學後，我們一起離開了學校。

「那個……」

「嗯？」

「希望腳踏車修得好。」

「……嗯。」

我們的對話極其枯燥。平時總是不安地窺探四周的小佐內同學如今一直呆呆地低著頭，不管我說什麼，她都沒有多大反應，搞得我也不知道該怎麼開口了。

小佐內同學牽著腳踏車遭竊之後新買的腳踏車，而我走在她的身邊。我們又走了昨天走過的路。越接近郊區，房子之間夾雜著越多田地。人行道變得更窄了，兩人並肩而行就會堵住整條路。此時有個年長的女人從後面騎著腳踏車逼近，我移到小佐內同學的身後讓出路來，之後我都走在她的後方。如果並肩而行又不說話，感覺有些尷尬。

我們來到國道轉向東方的路口，筆直朝著小路前進，到達昨天看到的山丘。坂上昨天騎車爬了一半的坡道就下車用牽的，而小佐內同學從一開始就是牽著車走。這坡道實際爬起來並不是很陡，我只要站著踩踏板應該可以一路騎到坡頂。

我們站在坡頂，在下坡路段結束再往前五十公尺左右的單線道馬路邊，可以看見一輛金屬銀色的腳踏車倒在那裡。那是小佐內同學的腳踏車。小佐內同學凝視著前方那輛自己的腳踏車好一陣子，然後輕輕張口，不是說話，而是嘆了一口氣。她這聲嘆氣讓我有些不祥的預感，但這預感輕得若有似無，我只當成是自己多心了。

走下坡道。

我走近一看，就故作開朗地大聲叫道：

「什麼嘛！又沒有壞得多嚴重。」

龍頭和座椅都好好的，骨架也沒有受到太大的損傷，鏈條脫離了兩段變速的齒輪，但這種程度的故障一下子就能修好。就算會被鍊條油弄得渾身髒兮兮，只要小佐內同學願意，我可以立刻幫她修理。坂上可能讓這輛腳踏車淋了雨，整體車身有點髒，不過能順利找回來已經很好了。

可是，小佐內同學的觀察力比我更強。其實就算腳踏車的狀態比現在更嚴重，我還是只能若無其事地大叫「什麼嘛」。

小佐內同學的視線盯在後輪上。一眼就可以看出來……後輪歪掉了，整個輪圈都扭曲了。我皺起眉頭。看來得換輪胎了。

我還來不及說什麼，小佐內同學就先開口說：

「聽說車子倒在路邊，後輪突出到馬路上。那人說昨晚開車經過時碾到腳踏車，所以今天早上才打電話過來。」

後輪的擋泥板上貼著顏色鮮豔的標籤，上面印著船高的校徽，以及停車證的號碼。

「不過，只需要換一個輪胎已經是萬幸了。」

我用不自然的開朗語氣安慰她，但她理都不理，而是用食指指著前輪。我本來覺得沒有特別異常之處，但開口之前還是再仔細看了看。

「……原來如此。」

前輪也遭殃了，雖然輪圈沒事，但有幾根幅條歪了。這樣頂多只是騎起來不太舒服，算不上嚴重損傷。

「用槌子敲一敲就能修好了啦。」

小佐內同學輕輕搖頭。

「歪掉的部分是沒什麼，不過這是用腳踩的。」

的確，這幾根幅條一看就是被同一個外力折彎的，而且上面還沾著泥巴。聽她這麼一說，看起來確實像是車子倒下之後用腳踩的。如果這是福爾摩斯的故事，應該可以藉著這些泥巴判斷出坂上曾經去過哪些地方，但我還沒有這種功力。

小佐內同學今天的眼力比平時更加犀利。她又指著自己的腳邊說：

「是在這裡踩的。」

以我的視力實在看不出那裡有什麼跡象，得蹲下去才看得清楚，但我又不好意思直接蹲在她的腳前。我揮揮手要她退後一些，然後才蹲下。

「喔……」

人行道部分的柏油路面確實留下了輪胎痕，但是不太清晰。

小佐內同學把輪圈歪掉的腳踏車牽過來，放倒在地面，讓後輪突出到馬路上，前輪對準淺淺的輪胎痕。這麼一來就看得出地上的輪胎痕是在踐踏幅條的時候印上去的。

小佐內同學抬起頭，用力咬緊她的薄唇，一副非常不甘心的樣子。一想到她的心情，我就沒辦法繼續裝瘋賣傻了。

彷彿是在找尋坂上留下的其他線索，小佐內同學繼續細細地掃視四周，好像還不打算離開，所以我也默默地陪在旁邊。小佐內同學握緊拳頭。

過了一陣子，她用不帶感情的語氣問我：

「小鳩，你覺得昨天發生了什麼事？為什麼我的東西會被弄成這樣……」

我不知道該怎麼回答她。就算知道了也不能怎樣，所以我就不賣弄小聰明了。小佐內同學應該也明白……不，她自己是最清楚這一點的，但她還是問我了，可見她的心情真的激動到很想明白事情經過，就算只是推測的也好。因此，我看看壞掉的腳踏車，然後轉頭望向坡道，回想著坂上昨天的行動。

昨天發生的事情還挺明顯的。我不再跟剛才一樣假裝開朗，而是用平常的語氣說：

「這個嘛，我想應該是這種情況：

如同昨天看到的，坂上當時非常急，他匆匆爬上坡道，或許在中途勉強變速，以致鍊條脫落。因為這山坡並沒有陡峭到需要下來牽著車走。

正在趕時間，鍊條卻脫落了，坂上一定更焦躁吧，不過他並沒有立刻丟下腳踏車。事情沒有那麼單純，鍊條脫落的腳踏車不能爬坡也不能在平地騎，但下坡時還是可以用。

他一定是在坡頂騎上車，藉著下滑的力道衝下山坡。

從下坡結束到這裡大約有五十公尺，腳踏車滑行到這裡就變慢了，還不如用走的比較快，所以坂上丟下腳踏車。就是在這裡。

在那之後，他把氣出在明明趕時間卻故障了的腳踏車上，說得更具體一點，他用力踐踏車輪上的輻條。然後他就靠自己的雙腳，往這條路跑過去。」

我轉動脖子，彷彿要看穿自己剛才說的那條路的遠方。

不過我隨即發現，從國道轉上岔路、翻過一個小山丘，這一帶能看到的都是農田，還有一些塑膠罩溫室和收納農具的小屋。不遠的前方有個T字路口，往右走會進入真正的山路，往左走則是要繞過一大圈田地，最後會回到市區。我因疑惑而閉口不語，小佐內同學接了下去：

「去哪裡？該不會是要去種田吧？」

小佐內同學不屑而諷刺的語氣讓我感到心驚。她把手肘靠在今天騎來的苔蘚綠腳踏車上，用三七步站著，嘴邊浮現淺笑。剛剛被我抹去的不祥預感又出現了。小佐內同學原本就說不上是「表裡如一」的人，如今她的態度更是令人害怕。我盯著她的側臉說：

「小佐內同學，冷靜一點。」

「我很冷靜。這不重要，重要的是他到底急著上哪去？往左是回市區，往右是到山上，無論他要去哪裡，騎腳踏車都太遠了。」

……的確。如果要往左回到市區，根本沒必要翻過剛剛那座山丘，如果要往右，不管要去哪裡都得要有十足的體力和腿力，他丟下腳踏車根本哪裡都去不了。如果坂上是個健行好手或許還有辦法，雖然以貌取人不太好，但我實在不認為他是那麼有毅力的人，若是他願意靠自己的雙腳走遠路，就不會偷小佐內同學的腳踏車了。

我眺望著從腳下延伸出去、分隔車道和人行道的白線都已褪色龜裂的鄉間馬路的遠方。什麼都沒有。說是什麼都沒有，但也並非完全真空，所以……

「對了……或許他的目的就是這條路。」

小佐內同學朝我看過來。

「什麼意思？」

「譬如有人跟他約好要開車來這裡接他。」

「難道對方不能等他，非得他趕路趕到鍊條脫落的地步？他應該有手機，難道不能聯絡一下嗎？」

「公車……」

「如果是公車就不會等了。」

「或許是這樣的情況：坂上想要搭公車去很遠的某個地方，但他沒有趕上，他要搭的車已經離開最近的公車站了，所以他騎著腳踏車狂飆，想要翻過山丘趕到下一站。」

小佐內同學點點頭，說出口的卻是反駁。

「這裡放眼望去又看不到任何公車站牌。」

「或許公車只要招手就會停下來，畢竟這裡是荒涼的郊區。」

小佐內同學沉沉地靠在腳踏車上，然後長吁一口氣，緩緩說道：

「或許就像你說的一樣，公車只要招手就會停。不過，在這麼荒涼的郊區會有公車嗎？就算有公車，多久才有一班？一小時一班嗎……說不定是兩個小時一班。」

「天曉得。妳想知道的話我可以查查看，但我沒辦法在這裡查。」

小佐內同學不知道有沒有聽見我講話，只見她拉起過長的水手服袖子，看著小小的手錶。

「……」

「我知道妳很不甘心，可是腳踏車已經找到了，可以回去了吧？」

結果她卻回答了奇怪的話。

「我沒有不甘心……我想再待個三分半。」

好啊，只待一下下是無所謂。我本來要反射性地如此回答，但立刻感到奇怪。

「三分半？妳要等什麼？」

小佐內同學交互盯著道路兩端。她此時的眼神和在學校裡那種隨時準備逃走的警戒眼神截然不同，非常專注，而且銳利到有些冰冷。她看都不看我一眼。

「再三分半就是我們昨天看到他的時刻。」

「啊。」

「如果他是搭公車，等一下應該就會看到了。」

原來如此，的確是這樣。

我學著小佐內同學的動作，把倒在路邊的金屬銀腳踏車立起來，把手肘靠在龍頭上，用相同的姿勢等待那個時刻的到來。小佐內同學沒有流露不悅的神情，像是很平靜地等待某件事發生。

不過，這樣反而讓我覺得不太對勁。在小佐內同學巧妙的引導之下，我對昨天發生的事做了種種推論……可是她的態度太奇怪了。依照小佐內同學平時標榜的立場來看，她的態度應該是「竟然偷人家的腳踏車，還把車子丟在路邊，破壞成這樣，太過分了！總之能拿回來就好，不過還要花錢修理，真是遺憾」這樣才對。為什麼她會這麼在意坂上的行動呢？

我偷偷觀察小佐內同學，她正緩緩地動著右手。她的眼睛仍然盯著馬路，纖細的手指插在喇叭裙的口袋裡。不知為何，嬌小的小佐內同學現在看起來好像沒那麼小了，她抬起視線、收起下巴時，看起來也沒那麼軟弱了。小佐內同學似乎發現我在看她，就把手從口袋裡抽出來。我還以為她會拿出什麼東西……

「小鳩，你也要嗎？」

「喔，嗯，好啊。」

那是棒棒糖，可樂口味。棒棒糖在口中旋轉。我偷偷看了小佐內同學那支棒棒糖的包裝紙，好像是哈密瓜口味。這麼大支的棒棒糖塞在她小小的嘴裡，令她像含了滿嘴糧食的倉鼠一樣鼓起臉頰。不過，現在的小佐內同學還像小動物的地方只有鼓起的臉頰。

我們吃棒棒糖的時候都沒有說話。在舔食之間，三分半很快就過去了，什麼事都沒有發生，只有一輛小貨車慢吞吞地經過。可是，只等三分鐘感覺似乎太短了，再說，我連棒棒糖都還沒吃完。

我沒有看手錶，大概又過了兩三分鐘吧，小佐內同學把棒棒糖從口中拿出來，用面紙包起，放進口袋。我正在思考該怎麼處理我的棒棒糖時，小佐內同學突然睜大眼睛。

「小鳩，你看那個！」

T字路口的左邊開來了一輛巴士。我對自己「坂上打算趕到下一站搭公車」的結論還挺有信心的，所以看到巴士出現令我非常得意。

不過，那輛巴士小了點。那是所謂的小巴，不是一般的公車。巴士一下子就來到我們面前，然後又開走了。巴士的車身上印著歌德字體。原來是這麼回事啊。

小佐內同學也表現出一副了然於心的樣子。她盯著巴士開走，喃喃說道：

「原來是因為這樣，他才會丟下我的腳踏車。」

印在巴士上的字是「木良北駕訓班」。那是免費的接駁車。

既然是接駁車，自然會在沒有公車站牌的地方停下來，而且發車時間也是固定的。

巴士消失在道路的遠方。我記得木良北駕訓班是在右方的山中，像碉堡一樣孤零零地座落於郊區最外緣的地帶。以交通便利的角度來看，這個駕訓班的學生應該大多來自北方山後的鄰鎮，聽說裡面還附設交通中心，所以考筆試很方便。

我聳聳肩膀。

「真是的。不過，這麼一來事情就搞清楚了。都結束了，我們回去吧。腳踏車要怎麼辦？應該要修理吧？妳希望的話，我可以幫妳重新裝上鍊條。」

一直盯著巴士遠去的小佐內同學聽到這句話就轉過頭來，而且臉上掛著開朗的笑容。那是沒有任何陰霾的美麗笑容……我心中一驚。富士山很美麗，黃石公園也很美麗，但是看著富士山和黃石公園時也會令人感到敬畏。大概就像那種感覺吧。

對了，我看過這種笑容。就是這樣才令我害怕。

「你說結束了？不對吧，小鳩，現在才要開始喔，好不容易抓住對方的尾巴呢。」

「尾巴……」

「那個人毀了我的春季限定草莓塔，還擅自丟掉我的腳踏車，害得想要度過平靜校園生活的我被當成小偷，還被叫去訓導處兩次。小鳩，你對此有什麼感想？」

小佐內同學慢條斯理地說著，臉上依然掛著笑容。

「小、小佐內同學……？」

小佐內同學再次望向巴士駛去的山中。

「我要讓他付出代價。」

變回去了，決心不再做這種事的小佐內同學又變回以前的樣子了。我連忙用身體擋住小佐內同學望著的方向。

「不行啦，小佐內同學，能找回失竊的東西就該滿意了，不可以再繼續想下去啦。讓事情就這樣過去吧。我們不是約好要當小市民嗎？既然要當小市民，這種時候就該忍氣吞聲吧？」

我揮動雙手極力勸告。小佐內同學的笑容消失了。

「……嗯。可是我……」

「要忍住，這種時候就該忍耐。」

小佐內同學咬住嘴唇，然後看看自己騎來的腳踏車，又看看遭竊又被破壞的腳踏車，再望向巴士開走的方向。

「可是我明明沒做錯事，我什麼都沒做錯！

……對了，小鳩，我問你一個問題。」

「什麼問題？」

「你覺得對小市民來說，最重要的是什麼事？」

我立刻回答：

「安分守己。」

但是小佐內同學慢慢搖頭。

「對小市民來說，最重要的應該是……保護私有財產吧？」

3

小佐內同學錯了，我們嚮往的小市民才不會有這種復仇心態。可是我阻止不了小佐內同學。

我甚至覺得，既然無法阻止，那就幫助她吧，不過這個提議也被她拒絕了，因為我們只約好要幫助對方逃跑，並沒有說要幫助對方進攻。小佐內同學和我有著互惠的關係，但我們並不會互相依賴，若非其中一方有想逃避的事情，我們只不過是普通朋友。小佐內同學非常嚴格地遵行著這個約定。

因此她對我說：

「這件事跟你無關，別管我。」

我可以理解小佐內同學說的話，無論她想怎麼制裁偷車賊都跟我無關，就算她的行動失敗，被逼到了絕路，那也是她自找的。我完全沒有義務幫助她。

……是不是真的可以撇得這麼乾淨，我還得再想清楚一點。

我覺得有必要仔細想想，小佐內同學在這次行動中若是「失敗」代表著什麼。我有一種不祥的預感，非常地不祥。

就算小佐內同學真的要實現那句「我要讓他付出代價」，她也不可能直接走到坂上面前說「你造成了我怎樣怎樣的損失，所以你得賠償我」，因為坂上絕不可能乖乖拿錢出來，搞不好她自己還會陷入險境。

話雖如此，小佐內同學卻是一副胸有成竹的模樣。她這種信心真叫人害怕。她該不會是在想些魯莽的計畫吧？

從小佐內同學發出進攻宣言之後過了三天，前天和昨天是週末，所以在學校見不到她。我傳了訊息給她，也沒有收到回音。那種不祥的預感始終揮之不去。

在此期間，我蒐集了一些可能用得上的資料，不過我只是蒐集，並沒有實際運用。我還在猶豫該不該行動，因為我早已下定決心不再扮演偵探，而且小佐內同學自己也說了「別管我」，使我更加猶豫，覺得或許不要隨便出手比較好。

到了星期一的放學時間，我終於做出結論，我要把自己的狀態調整至足以應付任何突發事態。

我傳了訊息，收件人是堂島健吾。內容是這樣的：

『為了機動防禦需要增強預備兵力，請求支援。』

我收到的回覆是這樣：

『你搞屁啊!?』

不管怎樣我還是很高興他能來。

話雖如此，出現在放學後教室裡的健吾一副老大不高興的模樣，他板著臉，抿著嘴，盤著雙臂跨立在我面前。

「……嗨。」

「有什麼事？」

「這個嘛，你先坐下吧。」

我請他坐在我前方的椅子上。健吾拉開椅子，一屁股坐下。

健吾本來就不是個經常嘻皮笑臉的人，但是看到他這副臭臉，我也不好說話。我先從寒暄開始。

「突然把你找來真是不好意思。你今天還有其他事要忙嗎？」

「喔，有啊。校刊社忙得很。」

「這樣啊，那真的很抱歉。」

健吾哼了一聲。

「雖然你覺得抱歉，但還是有事想直接跟我說，而不是用訊息說。我會聽的，所以你快說吧，如果是無聊的事我就要回社團了。」

「不會無聊啦，但也不是一時半刻就能說完的。真的很不好意思。」

「就叫你快點說啊！」

雖然健吾很心急，但若不從頭說起，很難讓他明白我想請他幫什麼忙。我向健吾說了小佐內同學腳踏車的事，包括買春季限定草莓塔那天、水上高中的坂上在我們面前騎走了她的腳踏車，闖空門的案件發生時有人在附近看到那輛車，四天前我們看見偷走腳踏車的坂上急匆匆地爬上山坡，還有三天前找到了後輪遭到破壞的腳踏車。

健吾聽到後來，表情漸漸變得嚴肅。依照健吾的信念來看，他一定不會原諒偷女生腳踏車的傢伙。他放開了盤起的雙臂，後仰的身體轉而前傾。

在我講到一個段落時，健吾吐了一口氣。

「……偷車賊啊，這種事滿常見的。」

「是啊。」

「就算很常見，要花的錢也不會因此減少，心中的怒火也不會因此平息。一個輪胎嗎，大概要六千圓吧？」

「或許吧，我也不確定。不過光是能找回腳踏車就很好了。很少聽到有人掉了腳踏車還能找回來的。」

健吾此時看了看手錶。

「如果結論是『這樣就很好了』，你就不會找我來了。」

「你真精明。」

我乾咳了一聲。

「小佐內同學想要找偷車賊報仇。」

健吾的表情古怪得像是聽到魚在天空飛翔。呆若木雞形容的應該就是這副模樣吧。片刻之後，他爆出笑聲。

「哈哈哈哈哈，那還真不錯。要好好教導那個混帳傢伙隨便拿人家的東西會有什麼下場。」

我皺起眉頭，等他笑完。

「……一點都不好笑。如果是你，確實有辦法教導，反正危急的時候靠你的拳頭就好了。若換成是我，或許還勉強做得到。不過，那可是小佐內同學耶，如果對方翻臉就完蛋了。」

健吾摸著下巴。

「嗯，也是啦。」

接著他似乎察覺了什麼事，降低語調說：

「你該不會打算叫我去當她的保鑣吧？」

「簡單來說就是這樣。」

「這是小佐內同學要求的嗎？」

我為之語塞。就算我現在騙過他，也瞞不了多久。所以我立刻回答：

「不，是我自做主張。」

健吾準備開口說話。他想說的多半是「那就沒有我的事了」。我不給他機會開口，緊接著說：

「我有我的理由。」

健吾閉上了嘴巴，然後問道：

「理由？什麼的理由？」

「我判斷小佐內同學會遇到危險的理由。」

可能是「危險」一詞太過駭人，健吾的眼神頓時變得銳利。

「……繼續說。」

但我沒有說下去。我搞砸了，不該從這裡說起的，這麼一來，如果我不說出理由就沒辦法談下去，但我最不想做的事就是說出理由。更何況，我還沒把理由完全推理出來。我就籠統地給他一個說法吧，只要能讓他在緊急時提供協助就好了。

可是，現在亡羊補牢還來得及嗎？

「怎麼了？」

健吾露出狐疑的態度。總之我先試試看吧。

「……我剛才已經說得很清楚了吧？小佐內同學打算去對付一個衝動莽撞的傢伙耶。」

「你怎麼知道那偷車賊是個衝動莽撞的傢伙？」

「如果他有點腦袋，應該會把停車證的貼紙撕下來……總之，我不知道小佐內同學的復仇行動會遭到怎樣的失敗，所以希望你可以在緊急的時候伸出援手。」

健吾直勾勾地盯著我，我忍不住移開視線。健吾摸了一下剃得短短的頭髮，低聲說道：

「你以前是個惹人厭的傢伙，讓人看不順眼的傢伙，只不過有點小聰明就得意洋洋的。」

……那都是以前的事了。

健吾深深嘆了口氣。

「不過你剛才說的話是怎麼回事？敷衍也該有個限度吧。我不知道你心裡有沒有那種意思，但你的行為擺明是想把我操弄在股掌之中。如果有話就清楚地說出來，不說的話就別來拜託我。話說得不明不白，還想叫我無限期地一直備戰下去，你這算盤未免打得太如意了。」

我不禁抱頭。這不是譬喻，而是真的抱住了頭。健吾雖然粗枝大葉，人卻不笨，他雖然熱心，但也不是傻子。或許我對自己的小聰明還是太自傲了些。健吾會抱怨是理所當然的，我確實太看不起他了。

「如果你想說的話只有這些，那我要走了。」

健吾準備起身，我連忙叫住他。健吾凝視著我，默默地打量，緩緩地盤起雙臂。

「如果有難以啟齒的苦衷，你大可說出來。你直接說『現在還不能說，等事情結束後再告訴你』不就行了？」

「我沒有苦衷啦。坦白說，我只是還沒把事情完整地推論出來。」

「既然如此，你就好好地推論吧。」

「……」

「真搞不懂你。」

健吾搖搖頭。

「你明明已經想到了什麼，你一定也有把握能全部推論出來，那你為什麼不做呢？這種事不是正符合你的喜好嗎？」

「是『以前的』喜好。」

我只能認了。健吾看過從前那個自鳴得意的我，所以我無法辯解。現在我有三個選擇，要嘛放棄說服健吾提供支援，要嘛乖乖地照他說的推理，或者……

我選了第三條路。我低著頭開始說話，語氣悲戚得連我自己都感到吃驚。

「我現在已經沒有那種喜好了。光是想起自己有過那種喜好，我都覺得頭皮發麻。」

「……」

「上次你請我喝熱可可時說過我現在的態度很奇怪，我還反問你是不是很期待聽到我有什麼明顯的創傷。你還記得吧？」

「嗯，記得一清二楚。」

我的臉孔皺了一下。這不是裝的，而是想起那件事真的令我不舒服。

「其實是有的，我確實有過創傷，而且是三連擊，就像在擂台上中了一記直拳，從圍繩反彈回來之後又中了一記勾拳，失去平衡而往後仰時還吃了一記上鉤拳。」

健吾一臉認真地說：

「虧你能活下來。」

「活是活下來了，但我真的深受打擊。我雖然有點小聰明，但那並不是值得驕傲的事，我打從心裡明白這一點。那次打擊讓我下定決心，絕對不再得意忘形地賣弄小聰明了。」

「你說得太抽象了，我聽不懂。你不能說得具體一點嗎？」

我搖搖頭。

「不能，不過簡單說是這樣的……

因為裝腔作勢以致來不及挽救，讓別人對我懷恨在心。

打破了別人的幻想，害人家傷心難過，卻沒有任何幫助。

自信滿滿地大發議論，結果激得別人拚命地壓過我。

你要說這些事很常見嗎？或許吧。還有更多比這個打擊更大的事。我早就發現了。別人想破腦袋都想不通的問題，三兩下就被我說破了，很少有人會樂見這種事，至於會感謝我的人就更少了，相較之下，對我敬而遠之、甚至是討厭我的人還比較多。」

「……沒這回事，是你想太多了。」

「或許你不能理解吧，你和你姊姊都是心胸開闊的人，知道我有些小聰明，就會來拜託我幫忙，我解開了謎題，你們還會稱讚我。不過，你應該也知道這種人並不多吧？

上次那兩幅畫的事，你覺得勝部學姊有因此感謝我嗎？我是不期待別人的感謝啦，畢竟我是出於自己的喜好去做的，但也沒必要看人擺臉色吧？我至少有五次或十次看到別人對我露出那種『幹麼這麼多嘴』的表情。

有人批評過我不懂得說話的技巧、不懂得顧慮別人的心情，或許真的是這樣，我從幼稚園時代開始就經常比別人更快看透真相，個性也很扭曲，那你叫我要怎麼辦？」

我感到口中發乾。

「既然賣弄只會惹人不悅，那我寧可當個韜光養晦、安於現狀、覺得幸福的青鳥就在自己家中的小市民。結果卻又被批評『居心叵測』，你叫我到底要怎麼辦啊！」

我突然驚覺，自己好像太大聲了。放學後的教室裡還有很多人，我卻一不小心就激動起來了。我得冷靜下來。

……好，恢復笑容了。

「總之大概就是這麼回事，所以拜託你放過我一馬吧。」

我剛才說的那番話雖然省略了不少細節，但大致上是真實的。

不過，我之所以說出真話，只是出自利害計算的考量。與其要我在別人面前做出偵探的舉止，我寧願裝可憐博取同情，簡單說就是唱哭調啦。

結果我又打錯了算盤，而且還算錯兩次。第一，健吾不喜歡別人擺出可憐兮兮的模樣，第二，既然要唱哭調，語氣就該更悲悽一點，看來我的自尊心還是太高了，表露了太多本性，所以演得不夠到位，這樣當然沒有效果。

健吾乾脆地推翻了我的計謀。

「那你就更該推論了，那樣比較適合你。」

「……你有聽到我剛剛說的話嗎？」

健吾放開盤起的雙臂，抓了抓頭。

「既然你說了真心話，那我也直說吧。我是不知道你受過多少打擊啦，但是看到你現在這副小裡小氣的樣子，我實在沒興趣跟你往來。看在以前的交情，你找我我還是來了，不過你現在若不說出個理由，我就不會再管這件事了。

以前的你很惹人厭，但我並不討厭那種人……如果你真的想當小市民就儘管去當，但我沒興趣答應這種人的請求。」

我意識到自己像傻瓜一樣張著嘴。哎呀，真是的，竟然說出這麼令人臉紅的發言。我一直盯著健吾看，看得他都不好意思了。我發現他板著撲克臉其實是在掩飾害羞，忍不住笑了出來。健吾一臉不高興的樣子，最後也跟著笑了，大概是忍笑忍得太辛苦了。

「你還真嚴格呢，健吾。你多少也為我想一下嘛。」

「不好意思，常悟朗。我的優點就是正直。」

笑完以後，激動的情緒也平息了，接著就是做選擇。我可以選擇漠視小佐內同學面臨的危險，遵守我們的約定，或是照著健吾的要求扮演偵探。

……說到底，這畢竟是小佐內同學的問題，乾脆就讓小佐內同學來決定吧。我從口袋裡拿出手機。

「健吾，我想要賭一下，我現在就打電話給小佐內同學，如果能說服她放棄行動是最好的，若是沒辦法，那我就努力思考，把我認為小佐內同學有危險的理由整理出來。」

健吾點點頭，擺出他最喜歡的姿勢。就是盤起雙臂。

我撥了號碼。鈴聲響起。

我把耳朵貼在手機上，靜靜地等著。健吾閉上眼睛，應該不是想睡。

……鈴聲繼續響。我默默地數著。十次。十五次。我把手指靠在結束鍵上。

二十次。看來她應該是不會接了。我把手靠在桌上，用右手握住左拳。

「那我要開始了。依照我的想法……這件事靠著連續推理就能解決了。」

4

事情非常複雜。

具有過人觀察力的人物一下子就能想到結論，要解釋給無法一下子想到結論的人——也就是凡人——反而比較辛苦，這樣的故事我看過很多次，還好我的觀察力和推理能力都還不到超乎常人的程度。我無法一瞬間想到結論，反而更容易循序漸進地解釋我的推理經過。連續推理到最後也有可能鑽進死胡同或是徒勞地繞圈子，但我現在只能相信自己的腦袋。希望可以順利。

我不知道要從哪裡開始講，所以叫健吾先等一下。我把拳頭貼在額上思索，健吾盤著雙臂等待。

大概過了一兩分鐘，我才放下拳頭，慢慢地開口說：

「……對了，先來確認事發經過吧。首先是三天前，我們在路上看到了小佐內同學的腳踏車，在發現地點的四周找不到可能的目的地，不過坂上卻得在某個時刻到達那裡。唯一有可能的就是會有什麼東西定時出現在那裡，由此可見，那裡有巴士經過。

你聽懂了嗎？」

我一口氣說完了三天前跟小佐內同學說過的話，健吾的表情有些訝異，但他思考片刻，像是在咀嚼我說的話。

「你確認過那條路有巴士嗎？」

「確認過了。」

「那就好。」

「那是駕訓班的免費接駁車，坂上要搭的就是那班車。你覺得呢？」

健吾稍微皺起眉頭。

「等一下，在那段時間的前後只有那班車經過嗎？」

「我們大概在那裡待了三十分鐘，差不多是看見坂上的時間的前後十五分鐘。所以坂上想要搭的一定是那班接駁車。」

「我知道了。繼續吧。」

「也就是說，坂上打算去駕訓班。」

健吾才剛回答「好，繼續說」，卻又揮揮手，收回自己說的話。

「能確定的只有『他在等車』。就算他搭上駕訓班的接駁車，也不見得一定是要去駕訓班。或許他只是把接駁車當作一般交通工具，但沒有要去駕訓班。」

真謹慎。不過健吾說得沒錯，我無法排除這種可能性……不，或許有辦法。

「……木良北駕訓班派出接駁車又不是為了做公益，一定不會讓駕訓班學生以外的人搭乘吧。」

「是嗎？如果真是這樣，那司機要怎麼分辨乘客是不是駕訓班學生呢？」

要怎麼分辨？

為了分辨是不是駕訓班學生，駕訓班必須給學生能作為證明的東西，而且是司機從遠方就能看見的東西。

我回想著四天前看到坂上的情況，他身上帶著的東西只有一件看起來比較有可能。我慢慢地說道：

「是書包。不對，那應該是文件夾。白色的。能當作辨識物的東西只有那個。」

健吾點點頭。

「原來如此……說起來我好像也看過，有人站在路邊舉起白色文件夾，然後搭上駕訓班的接駁車。」

我和健吾都已經在本地住了十五年，雖然剛開始的幾年都沒有記憶。聽健吾說他看過這種場景，我就想起了自己也曾看過。這份記憶正好為我的推論提供了佐證。

「所以情況應該是這樣：為了搭上木良北駕訓班的接駁車，必須在某個地點拿出駕訓班的文件夾當作身分證明。但我不確定這是木良北特有的規矩還是全國都有。

也就是說，只要坂上搭了接駁車，就能確定他有在木良北駕訓班上課。既然他辦了入學，也付了學費，要說他只把駕訓班當成轉運站，未免太不合理。」

「……好吧，你說得應該沒錯。我打斷你的話頭了。」

我笑了一笑。

「不會啦。你嚴格把關比較好，畢竟這關係到小佐內同學的安危。你能幫我注意有沒有疏漏，對我而言也是件好事。」

盤著雙臂的健吾不發一語。

好啦，既然做出這樣的結論……我深吸一口氣。

「所以我們可以知道，坂上想要考駕照。」

健吾微微皺起眉頭。

「喔，應該吧。但是那又怎樣？考不考駕照是他的自由吧？」

確實是這樣。

可是做出「坂上想要考駕照」這個結論之後，我的心中更擔憂了。雖然我把憂慮深深藏起，但是想到坂上搭上駕訓班接駁車時又自動地被翻了出來。健吾說「那又怎樣」。如果要說會怎樣嘛……

「……坂上為什麼想要考駕照？」

健吾像是為了甩開無聊似地迅速簡短地回答：

「為了開車。」

我聳著肩膀說：

「沒有駕照也能開車啊，反正那只是機械。」

「……有話就直說，常悟朗。」

用不著生氣吧。要是太嚴肅的話，連腦袋也會變鈍喔。

我乾咳一聲。

「啊，如果真是這樣，如果坂上真的只是為了得到政府認可而想考駕照，那就沒問題了。我也會祝福他好好學習的。」

健吾嘆了口氣。

「所以你的結論是沒有任何問題嗎？如果沒事的話我就要走了。」

我不理會他的發言，繼續推論下去。

「可是，真的只是這樣嗎？他為什麼要考駕照，這個問題可以改成：他想要用駕照做什麼。任何東西的用途都不只一個，就連玻璃瓶都可以拿來當成作弊的工具。譬如說，駕照也可以用來表演飛鏢切香蕉的特技。」

「你覺得他是為了表演特技而考駕照的？」

「……以物理的角度來看，駕照是塑膠卡片，或許真的只能拿來切香蕉。但我注意到的是駕照的效果。」
駕照的效果。駕照的威力。有駕照能做什麼？我自己沒有駕照，所以不太了解。不，沒這回事，駕照應該沒藏著考取之後才能知道的重大祕密。
我看過駕照幾次，上面有照片、出生年月日、地址等資料。
……對了。我注意的就是這裡。
我停頓片刻。
「我想到的是，駕照還有作為身分證明的用途。」
健吾似乎看到了進展，眼中浮現警戒的神色，但他沒有出言反駁，所以我就繼續說下去：
「現在有幾個選項。坂上為什麼要考駕照？
第一，為了得到開車的資格。
第二，為了得到身分證明文件。
還有第三點和第四點嗎？」
健吾緩緩搖頭說：
「沒有。不過光看這兩點的話，當然是第一點。」

「大家覺得『當然』的事通常都不是理所當然的。」

我隨口說出了類似格言的話，接著繼續說：

「我覺得很可疑。如果是第一個選項，也就是說坂上只是為了普通的用途而考駕照，就沒有任何不對的地方了。可是……」

我還沒講完，健吾就插嘴說：

「就算只是為了普通的用途，或許還是有不對的地方，譬如校規不見得准許。」

我立刻回答：

「至少船高沒有禁止學生考駕照。水上高中是怎樣我就不知道了。我倒是看過他們的學生騎輕型機車上下學。」

我沒有說出是在蛋糕店前看到的，因為有點丟臉。

「他們的校規多半也沒有禁止。此外，雖然不該以貌取人，但我覺得坂上不像是會會因為校規寫了『不可以考駕照』就會乖乖聽話的那種人。」

健吾點點頭，大概是先不予置評的意思吧。言歸正傳。

「我剛才只說到一半，對於坂上考駕照的動機我還有些疑問……能不能給我一些時間？」

我之所以對這一點抱持著疑問，或許是出自不想承認坂上是認真地想考取駕照的排斥心理。我希望盡可能地排除偏見，如果先入為主地覺得一定是怎樣、一定不是怎樣，就扮演不了偵探角色。也就是說，拒絕人云亦云、深思熟慮的偵探和小市民是背道而馳的。

兩分鐘，三分鐘。健吾一定很無聊，但還是靜靜地等著。他還真有耐心。

資訊在我的腦海中打轉。我一一整理，分析歸納。小佐內同學說過，我在做這種事的時候看起來特別愉快。

好不容易整理完畢。疑點有三個。我也想了一下要用怎樣的方式敘述，所以又想了一兩分鐘。

我緩緩豎起一根手指。

「第一點，是距離的問題。為什麼坂上會選擇木良北駕訓班？」

木良北駕訓班位於郊區。我記得坂上在偷了小佐內同學的腳踏車的那天提到要回家騎自己的腳踏車這種話。如此看來，他應該是走路上學的，可見他家就在水上高中附近。水上高中大致位於市區的西南方，從他家去木良北駕訓班非常遠，就算搭接駁車還是很辛苦。

你應該知道吧，本市還有另一個駕訓班——木良西駕訓班。你知道在哪裡嗎？」

健吾一臉苦澀地說：

「在水上高中往北一點的地方。」

「沒錯。也就是說，距離坂上家不會很遠。木良北駕訓班原本就不是為了我們這裡的居民而辦的，而是針對鄰鎮的居民。以交通方便的考量來說，坂上應該選木良西駕訓班才對。」

「大家覺得『當然』的事通常都不是理所當然的。」

「這話是誰說的啊？不過是老套又無聊的格言。如果你覺得這個推論不可靠，那就打個分數吧，比較一下不可疑和可疑的程度。」

「比較？」

健吾想了一下。

「大概是六點五比三點五吧。不可疑。」

「數值很明確嘛。再來，第二點，是年齡的問題。」

我豎起兩根手指。

「我還記得，坂上偷走小佐內同學腳踏車的那天，他跟夥伴說話時叫其中一個人學長，而那個學長又叫另一個人學長，這點非常重要。順帶一提，他們所有人都穿著水上高中的制服。」

「重要嗎……」

健吾發出沉吟的聲音。

「我不明白。」
「那我換個說法。既然有學長的學長，就代表坂上是學弟的學弟。也就是說，若非特殊情況，他應該是高一生。」
「這個我知道，我不明白的是這件事為什麼重要。」
我笑了一笑。
「真不像你，你對那些條條框框的規矩明明很拿手的。」
「條條框框……？」
健吾複誦了一次，才驚愕地抬起頭。
「原來如此。他是高一生，所以……」
我用力點頭。
「他應該是十五歲或十六歲。年齡限制最低的輕型機車駕照和一般機車駕照都要滿十六歲才能去考。
現在是六月，他有六分之五的機率只有十五歲，而十五歲是沒辦法考駕照的。也就是說，不可疑和可疑的比例是一比五。」
「……」
健吾愣了一下。我不給他時間思索，又豎起三根手指。

「第三點，是態度的問題。

我姑且假設坂上已經滿十六歲，打算在木良北駕訓班考取一般機車駕照，因為考輕型機車駕照不需要上課。好。可以漫不在乎地偷別人腳踏車的坂上要去駕訓班，但是遲到了，接駁車已經走了，他若想要趕上，就只能騎著腳踏車全力奔馳，從市區南邊衝到北邊的郊區。

那麼，他真的會那麼拚命嗎？」

健吾不加思索地說：

「是我的話或許會。」

我也立刻回答：

「是你的話確實會這樣做，但我就不會了。重點是，坂上會這樣做嗎？只不過是為了考機車駕照。無論是要上課或考試，或許不是每天都有，但絕對不會只有那一天有。為什麼他那一天不蹺課呢？」

「是因為要考駕照所以變得認真吧，任何人都有可能出現這種改變。而且，或許他有理由要快點考到駕照。」

「我也認為有理由，沒有才奇怪。那麼，是什麼理由呢？

若是這樣想就說得通了：有個地位比他高的人叫他考駕照。」

健吾露出銳利的目光，重重地盤起雙臂。

「是誰？叫他考駕照要幹麼？」

我突然驚覺。真奇怪，為什麼我之前一直沒想到有個地位比他高的人？為什麼我會說出這句話？我直覺認為事情和那個地位高的人有關嗎？思索這些事時，我突然想起了一個人，就是坂上那夥人之中的氣質男……不，現在不該想那些沒有任何根據或證據的事。我含糊其詞地說：

「嗯，算了，這個就先不管了。

總之請你判斷一下，偷車賊這麼拚命追車的行動可不可疑。」

健吾輕輕嘆氣。

「這個嘛，七比三吧。不可疑。」

這樣啊。

「我想到的疑點就是這三個。那麼，現在來計算一下你覺得坂上有多可疑吧。」

我從口袋拿出手機，從選單中叫出計算機功能。

「第一點，你對坂上的信任程度是百分之六十五，第二點是一比五，大約是百分之十七，第三點是百分之七十。

健吾，你覺得自己有多相信坂上只是單純地想要考駕照？」

他的方臉扭曲，大概發現自己被設計了。隨興給人設下圈套對我來說只是小事一樁。

我對他展示出手機螢幕。

「零點零七七，大約是百分之八。

即使用你的角度來看，坂上可疑的程度還是高達百分之九十二。」

健吾放下手臂，握緊拳頭，不甘心地沉吟。

「混帳……就是這樣，以前的你就是這個樣子。你只要願意還是做得到嘛，還說什麼受到打擊。真是個惹人厭的傢伙。」

「我就把這句話當成稱讚吧。」

我一邊說，一邊在心中感到僥倖。

我只是話術把健吾給套住了，其實在三個疑點之中，第二個疑點的論證是有問題的。其他兩點都是針對可疑和不可疑的程度做比較，但年齡那一項計算的是坂上已滿十六歲的機率，而非可不可疑，所以直接把三者相乘是錯誤的計算。順帶一提，「十五歲不能考輕型機車駕照」並不等於「十五歲不能進駕訓班就讀」，反正只要考駕照的時候滿十六歲就行了，但我故意不提及這一點。

就算除去年齡這一點，只用百分之六十五和百分之七十相乘，坂上能信任的程度也不到百分之五十。既然小佐內同學有一半的機率會遇到危險，我當然要做些什麼，健吾也一定會願意協助，但我還是給他設下了圈套，所以他說我是惹人厭的傢伙也是沒辦法的。我自己也對這種個性很頭痛。邁向小市民的道路真是前途多舛。

「坂上想要考駕照的動機很可疑。」

我繼續先前的話題。時間已經過了將近三十分鐘，但我並不慌張，還是沉著地繼續推理。

「那麼，如果要把駕照用在不當的地方，有哪些方法呢？

……駕照可以當成正式的身分證明，所以一定有很多不當的用途。」

「這跟我們剛才討論的是不同層面的事。」

健吾插嘴說道。

「說到不當使用身分證明，我第一個就會想到犯罪組織。無論國內外都是。」

的確如此，確實會讓人想到組織犯罪、黑手黨和幫派之類的事。如同健吾的反駁，我也不覺得事態有那麼誇張。

「循線探究下去，說不定會發現很嚴重的事態。不過，真的會嗎？健吾，我覺得坂上應該不是什麼大人物手下的小嘍囉，他只不過是個高中生。」

「大人物手下的小嘍囉，這個詞聽起來還真怪。」

我笑了一笑。

「既不是大人物手下的小嘍囉、又不是善良高中生的坂上可以利用身分證明做什麼呢？」

我喃喃說著，開始思索。我能想到的答案只有一個。說是答案，其實只是大致的方向。

「……如果不是為了達成某種雄心壯志，多半只是為了賺取少少的零用錢吧。」

「少不少我是不知道啦。」

健吾雖然有存疑的部分，但還是點頭贊同。

「但應該就是這樣吧。」

「……你也同意嗎？」

如果他叫我證明，我還真不知道該怎麼說下去，所以我很驚訝他會贊同我的推測。聽到我愕然發問，健吾說道：

「如果這種人會有賺錢之外的目的，我才覺得奇怪咧。」

即使不是完全接受，健吾終究同意了我的意見，但我覺得再加強一下論述比較好，就算要拖點時間也沒辦法了。

「會不當使用身分證明，應該就是為了賺零用錢吧。可是，不見得一定是不當使用。」

彷彿轉換了立場，健吾提出反駁說：

「不會的，如果不是為了不當使用，那就只是用來證明身分。這樣的話，只要有學生證、住民票、戶籍謄本就行啦。」

「……的確是這樣。」

健吾交替了盤起的雙臂。

「所以啊，常悟朗，我覺得要把駕照拿來不當使用有點困難。那只是十六歲的駕照耶，能用來做什麼啊？」

健吾想了一下，又繼續說：

「頂多只能用來販賣偷來的ＣＤ吧。」

我輕輕搖了搖頭。

「這根本不需要駕照，只要有學生證就行了。而且要說坂上是為了販售贓物而考駕照也太莫名其妙了，ＣＰ值太低了，根本是事倍功半。」

「……我越來越聽不懂你在說什麼了。」

「簡單說……」

我說到這裡先頓一頓。健吾認為「困難」，是因為不當使用十六歲的駕照也賺不了多少錢。所以，簡單說來……

「只要換個能增加CP值的方法就好了。」

嘴裡好乾。我輕輕地舔了嘴唇。我好像漸漸進入狀況了。我感覺自己的腦袋越來越冷靜，我很少有這種感覺。雖然靈感泉湧，但舌頭的動作卻不太靈光。

「十六歲的駕照能賺到的錢確實不多，就算能賺到很多錢，也不會是拿自己的身分證去做。

這樣看來，如果想要不露破綻地賺到零用錢，大可用滿二十歲人士的名義去申請證件。」

我想起了一些借貸公司的廣告詞。

「喂，常悟朗，你知道自己在說什麼嗎？」

健吾有些驚慌地插嘴說。

「那是偽造文書罪耶。」

是嗎？我沒有想過這種行為違反了哪條刑法，畢竟我只是在為下一階段做準備。所謂的下一階段就是……

我不理會健吾的發言。

「要報名駕訓班需要什麼東西呢？我得先調查一下。」

「……你要打電話去問嗎？」

「要打也是可以啦……」

我突然想到，我在這兩天蒐集了一些資料，其中好像也包括了木良北駕訓班的傳單。我打開書包，在裡面摸索。我慣用的白色活頁紙之中夾著一些資料。找到了，木良北駕訓班的介紹。在市內各處都能找到這份傳單。

我把傳單攤開，放在我和健吾之間，兩人一起看。我找到報名資料了，就用手指著，對健吾說：

『報名本駕訓班請攜帶以下物品』

唔……

『住民票和印章。』

……只有這些嗎？

就是這麼回事。這還真是不妙。思緒開始在我的腦海中飛騰，然後我才想起健吾。我把想法轉化成語言，說得越來越快。

「住民票和印章啊……申請住民票不需要身分證明，只要有印章就能拿到住民票。換句話說，健吾，要用滿二十歲的某人的名義考駕照，只要準備一個印章就好了。有了印章，再來就只剩挑選犧牲者——已經滿二十歲、在本市擁有住民票，而且還沒有駕照的人。」

等一下。我停下了論述。我是不是知道有誰既符合這些條件，而且也和坂上有關係呢？坂上偷走小佐內同學的腳踏車，因為思慮不周，所以沒有撕掉停車證的貼紙，害得小佐內同學被叫去訓導處兩次。第二次是三天前，因為有人發現了損壞的腳踏車，第一次則是……

我思索著。

「……而且只要用最陽春的便宜印章就行了。我的姓氏『小鳩』不算很通俗，如果是『佐藤』之類的，就連文具店都能買到。

不過坂上……我就直說吧，利用坂上的那個組織可能選了一個姓氏很罕見的人。」

健吾皺起眉頭。我是根據他不知道的資訊而做出這番論述，所以他當然聽不明白。我迅速地解釋道：

「本市有個姓五百旗頭的學生，他在選舉那天出門投票時，家裡被人闖空門了。既然他有選舉權，一定已經滿二十歲，而且在本市擁有住民票，而且他的存款簿平安無事，只有印章被偷，而且坂上的腳踏車……不，小佐內同學被坂上偷走的腳踏車還在附近被人看見了。

我覺得這些事應該不只是巧合。」

健吾一臉凝重地低下頭去，我還以為他會繼續沉默，結果他低聲說道：

「那就沒必要考一般機車駕照了，輕型機車駕照考起來更輕鬆，也更便宜。」
我想了一下。
「要實際駕駛的話，一般機車駕照比較好用，而且輕型機車駕照的公信力在大眾眼中比較不可靠，平時也很少聽到。」
「說的也是。但是……」
健吾凝重地說。
「沒有證據。」
「的確。」
我敲了一下桌子。健吾聽到咚的一聲就抬起頭來。
「我終於想清楚了，我知道小佐內同學想做什麼了，也知道自己為什麼會覺得小佐內同學有危險。」
我吸了一口氣，然後筆直地盯著健吾說：
「簡單地用一句話來說，小佐內同學打算對付那個企圖詐欺的組織。」
我感到這句話讓連續推理邁向了終點。我接著說：
「小佐內同學不能原諒坂上偷她的腳踏車，還擅自破壞，又害得她吃不到春季限定草莓塔，所以她非常關注坂上的動向，想要找機會抓住他的要害。三天前，小佐內同學得知坂上有在上駕訓班時還說『抓到他的尾巴了』。

仔細想想，小佐內同學或許想靠她引以自豪的數位相機掌握證據。她想要的證據很明顯，就是能證明他姓坂上的照片，以及他用其他名字去上駕訓班的照片。然後……」

「然後？」

我欲言又止，但是健吾一直盯著我，我只能繼續說下去。

「……然後就得看小佐內同學想做到什麼程度了。我想她應該不至於去勒索人家吧……」

「等一下。」

健吾一臉迷糊地搖搖頭。

「你說的小佐內是我認識的那個小佐內嗎？我不太記得她的名字，總之就是之前來過我家的那個女生。那個……該怎麼說呢，感覺是個非常畏縮的人耶。」

我勉強地點頭說：

「嗯，就是小佐內由紀。」

「那種人會想要抓住別人的要害或是勒索別人嗎……」

我的聲音越來越小。

「呃，健吾，我有些小聰明，但我不喜歡這樣，所以想要成為小市民。」

「……」

「你千萬別說出去，其實小佐內同學也一樣。我們都發誓要盡力當個小市民，不過小佐內同學想要捨棄的並不是小聰明。」

我不禁看看四周，因為小佐內同學經常默默地站在我背後。沒事的，她不在。但我還是壓低聲音說：

「如果把以前的我比喻成狐狸，那以前的她就是狼。」

健吾呆呆張嘴的表情透露了他的心情。

「現在的小佐內同學只有在吃甜點的時候才會露出開心的表情，不過以前的小佐內同學不一樣，最讓她感到開心的事就是把危害她的人打擊到體無完膚。」

我應該不需要向健吾解釋遭到小佐內同學報復的人會遭受到怎樣的打擊，還有小佐內同學會使出怎樣的手段吧。總之就是五花八門，這樣解釋就夠了。再說，我也不是全都知道。

對小佐內同學來說，或許腳踏車被偷、被破壞根本無關緊要，就連沒吃到春季限定草莓塔都無所謂，那些事件最重要的意義，就是給了小佐內同學復仇的正當理由。睽違已久的復仇可能還讓小佐內同學雀躍不已。不過，我們已經決定成為小市民了，我決定捨棄我的小聰明，而小佐內同學也決定捨棄她的執著。腳踏車被偷的隔天，小佐內同學說「現在有事情可以想，會讓我覺得比較輕鬆」，一反常態地熱心幫我的忙，那並不是為了讓自己忘記那件事所帶來的打擊。小佐內同學才不是那麼單純的人。

我很清楚，那一天小佐內同學想要忘記的，其實是她熱愛復仇的個性。

健吾說，如果沒有親眼見到，他絕對不會相信。這是無所謂啦，對小佐內同學來說這樣鐵定比較好。重要的不是小佐內同學的過去，而是她現在的狀況。我不等健吾從震驚之中恢復，就繼續說道：

「總之，小佐內同學打算接近那些危險的傢伙。剛才計算出的數值是百分之九十二對吧。

其實我覺得小佐內同學沒什麼好讓人擔心的。你一定不知道她有多厲害，她潛伏的技術之高，完全無法用身材嬌小來解釋，而且她動作靈活，反應也快，我甚至懷疑她可以像忍者一樣射出手裡劍。拍照蒐證對她來說只是小事一樁。

不過，如果我猜得沒錯，籌措計劃的主謀就在那群人之中。如果我剛才的推理正確，坂上就是那個計劃的弱點，或許他們會格外地小心防範。對方都是男人，如果動起手來，就算是小佐內同學也不見得能全身而退。如果她被那些壞蛋逮住，不知道會發生什麼事……」

我忍不住發抖。

「……我想都不敢想。」

「讓我稍微整理一下。」

我說了「請便」之後就不再開口。健吾放開盤起的雙臂，輕甩兩三下，像是要讓血液流通，接著又盤起來。他皺緊眉頭，認真思索。

其實健吾根本沒必要思考，他不需要檢驗我剛才那些推理是否正確，可以先答應下來，等我真的向他求助時再考慮就好。不過，他把承諾這件事看得很重。真是個可靠的人。雖然我在很多方面看不起健吾，但我認同他的地方更多。健吾應該也知道這一點。

良久之後，健吾終於有動作了。他把右手伸進口袋，拿出手機。

「我有個方法可以很簡單地立刻確認。我來試試看吧。」

他喃喃說道，不等我回答就按下了按鍵。我不知道他打給誰，對方很快就接聽了。那似乎是健吾很熟悉的人，他立刻就說出來意。

「啊，現在有空嗎？我想知道去年從木戶中學畢業、一個姓坂上的男生的生日。喔，這樣啊，隨便用什麼辦法都行。」

喔喔。木戶中學是本市的國中，健吾的腦袋動得也挺快的嘛。既然坂上的家在水上高中附近，他讀的國中鐵定是木戶中學，知道了這一點，就有辦法查出他的生日。我倒是沒想到這一點，只要人面夠廣，應該有辦法找到去年從木戶中學畢業的人，接下來就很簡單了，畢業紀念冊上應該有寫出他的生日。

不過，健吾此時表現出奇怪的反應。

「不，不是啦。對啊，和小鳩有關……什麼？答應了？不會啦，沒什麼不可以的。查出來了嗎？……這樣啊。喔喔，這樣就可以了。好，有勞了。」

他放下手機。我等著健吾向我解釋。健吾摸摸頭髮。

「被搶先一步了。」

「你說坂上嗎？你剛才打給誰啊？」

「我姊啦。她老愛吹噓自己有上百個朋友，所以找人的工作交給她鐵定錯不了。我說什麼！

搶先一步的不是坂上，而是小佐內。」

「我姊說小佐內昨天也向她打聽了同一件事。這個笨蛋姊姊，她以為小佐內要甩掉你，去跟坂上在一起，還很同情你呢。」

我覺得很想笑。不是因為知里學姊的誤會，而是因為小佐內同學的行動力。

「我都不知道小佐內同學跟知里學姊關係這麼好。」

「以我姊的標準來看，只要講過話就是朋友，來過家裡的就是好朋友。」

其實不只是因為小佐內同學去過他們家，而是因為小佐內同學和知里學姊和我三個人一起解決了「健吾的挑戰」。

「……那個不重要啦，我問出結果了。」

結果。我正襟危坐，健吾絲毫不打算賣關子。

「姓坂上的男生只有一個，聽說是十二月出生的，但日期不清楚。所以坂上毫無疑問只有十五歲。」

我吞了口口水。

「這樣啊……」

這麼一來，坂上是認真地想要考駕照的機率就很低了。之所以不是零，是因為坂上也有可能是重考一年才進入水上高中的……我想多半不是吧。

健吾吐了一口氣，像是要振作精神。

「我明白了，如果有需要就儘管來找我，我會立刻趕過去的。不過，你既然知道這麼多，應該想辦法說服她放棄才對啊。」

「我試過了，可是沒有成功。」

我還在說話時，我們兩人幾乎同時起身。健吾看了看手錶。對了，他說過今天有事要忙，我還拖住他這麼久，真是不好意思。

我們沒再說什麼，只用一句「掰啦」互相道別。就在此時……

我的手機響了。我沒有使用音樂鈴聲，但還是聽得出來接到的是電話還是訊息。來的是簡訊。我漫不經心地拿出手機。

「……是小佐內同學傳來的。」

「什麼！」

正要走出教室的健吾停下了腳步。我一打開訊息，立刻感覺全身冰冷。健吾似乎發現情況不對，就走了過來。

「怎麼了？」

「呃……我不知道。這是什麼啊？」

螢幕顯示出小佐內同學傳來的訊息，裡面什麼都沒寫，沒有標題，內文只貼了一行網址，而且點進去是一片空白。

如果只是沒內容的訊息也就算了。但她為什麼要這樣做呢？

我不願意往壞的方向想，但又不禁往那裡想。我喃喃說道：

「她該不會是想要打內容，但是以她現在所處的情況又沒辦法打……」

健吾一聽見這話，立刻下了判斷。

「常悟朗，你是走路來的嗎？」

「啊，嗯。」

「是嗎，那我載你。木良北駕訓班是吧。我們走。」

簡短地說完，健吾就衝出教室。

不，其實我沒有看見健吾跑出教室，因為我比他更快跑出去。

5

我咬牙切齒，不是因為懊惱或後悔。如果這是第一次還有話說，但我明明早就學到教訓了。

我想起剛才對健吾說的話。我在國中時代犯的三次大錯，第一個就是因為裝腔作勢而把事情拖延得來不及挽救。

確實，我絕對需要健吾的幫助。如果事情鬧大了，靠我一個人的力量無定無法反擊。最少也要有兩個人，否則恐怕連逃都逃不走。

不對，如今回頭再看，或許我不該花時間找健吾幫忙。既然阻止不了小佐內同學的失控，就算只是靠著廉價的英雄主義或匹夫之勇，我都該站在她的身邊。在最危險的時候，我卻沒辦法遵守和小佐內同學的約定——我們約好，一個人想逃的時候，另一個人要當擋箭牌。我們明明有過約定。

……不，事情又不一定那麼糟糕。小佐內同學傳來那封空白訊息或許有著我難以想像的深遠含意，也有可能只是單純的失誤，其實她並沒有碰到任何危險，又或許我根本不是自以為的聰明狐狸，而是一個大傻瓜，連剛才那些推理都犯了嚴重錯誤。

為了確認事態，拜託你了，健吾，跑快一點啊。小佐內同學，如果妳平安無事，就快點回覆我啊。不管我傳了多少訊息，都沒有得到回音。

「……混帳，這我真的不行啦！」

健吾咆哮道。眼前就是郊區的小山丘，我三天前和小佐內同學一起翻過的小山丘。就算健吾再強壯，要載著一個男生騎車爬坡還是太累了。我跳了下來，推著腳踏車前進，沒多久就接近坡頂了。此時我突然靈光一閃。

「健吾，現在幾點了？」

健吾看看手錶，叫道：

「四點半！」

「確切的時間是？」

「四點……二十六分。」

很好，還來得及。我從學校跑出來時拎著書包，如今我的書包和健吾的書包一起放在腳踏車的籃子裡。

「健吾，停一下，我要拿書包。」

「書包？我們正在趕時間耶。」

「就是因為要趕時間！」

健吾一副不解的樣子，但還是停下腳踏車。我急忙從籃子裡拿出書包，打開，查看內容物。應該有那個東西，我平時經常使用的。

「就是這個。」

那是平凡無奇的白色活頁紙。

「你到底想幹麼？」

「別管了，快走吧。」

我催著健吾爬上坡頂，然後又坐上車，一口氣衝下山坡。或許是因為平日多行善事，健吾的腳踏車沒有脫鏈。我們來到T字路口，往左邊可以回到市區，往右則是木良北駕訓班。此時我又要健吾停下來，健吾焦躁地說：

「這次又是要幹麼？」

「接駁車就快來了。交給我吧，你把腳踏車鎖好。」

言談之間，接駁車就出現在道路的遠方。我抱著自己的書包，朝著接駁車高高舉起活頁紙，像拿著免死金牌一樣，在頭上緩緩地左右搖晃。若是我對接駁車的推理沒錯，而且司機的視力比我估計得更差……

我揮了幾次，把手放下。我吸了一口氣。

……接駁車的車頭燈亮了一下，應該是在回覆我「看到了」。

如果車子靠近，司機就會發現我手上拿的並不是木良北駕訓班發下的文件夾。我若無其事地把活頁紙收進書包裡。

「常悟朗，你這傢伙……」

健吾一副受不了的樣子。真是的，這麼基本的伎倆有什麼好大驚小怪的。接駁車在我們面前停了下來。

收到空白訊息之後已經過了二十分鐘。

坐在接駁車缺乏彈性、極不舒適的座椅之後，我一直咬緊牙關，沉默不語。在二十分鐘內可以把一個人折磨到什麼地步？我無法控制不祥的想像。

國中那一次，我沒有趕上。在我得意洋洋發表推理時，一切都結束了。事情在我渾然不覺時發生，就算破解謎底，對任何人都沒有意義，只是放馬後炮罷了。這次的事也會變成那樣嗎？我這次又趕不上了嗎？

接駁車花了五分鐘到達駕訓班。這五分鐘感覺好漫長。

在駕訓班枯燥呆板的大廳裡。這裡人不多，但全都是不同的類型，有穿著時尚花紋襯衫的年輕人，也有不知能否合法申請駕照的老年人，但我沒看到小佐內同學。怎麼辦……我心焦不已。

「咕……」

我的脖子被勒住了。正確地說，後面有人把我的衣襟往下拉。我的喉嚨發出詭異的聲響，差點跪在地上。轉頭一看，我頓時感到脫力。

站在我後面的是讓我想要問「我們在哪裡見過嗎」、打扮像小男生的女孩，她穿著下襬有毛邊的褐色外套、故意磨破的牛仔褲，以及破舊的運動鞋，但她頭上的皮帽很突兀，整體穿搭不太統一。

「啊……」

我正要說話，那女孩就把手指貼在自己的嘴上。

她招手要我過去，接著又對站在我身後的健吾招手。我們三人一起走進掛著吸菸室牌子的小房間。

健吾關上門後，那女孩摘下帽子，滿意地笑著說：

「幹麼這麼急著趕來啊？」

那是經過喬裝的小佐內同學。跟衣服完全不搭的帽子原來是用來遮掩她妹妹頭的小道具。

趕上了，而且還游刃有餘……不，這種情況不該說趕上了，我根本沒看到必須趕緊處理的危機。

「妳、妳是小佐內？」

健吾無禮地用手指著小佐內同學。他只看過小佐內同學穿水手服，還有她上次去他家時那副樸素到極點的打扮，所以看到她這副模樣非常震驚。被看到這副喬裝的小佐內同學收起笑容，對我悄悄說道：

「為什麼堂島也來了？」

雖然我還沒搞清楚狀況，總之小佐內同學看來是平安無事。這麼說來，我們真是白擔心了。我露出不高興的表情說：

「還能為什麼？因為我一個人沒辦法應付危險狀況啊。」

「危險狀況？」

「妳不是在跟蹤坂上嗎？」

「是沒錯啦……」

我們兩人的臉上都浮現出疑惑。

「妳不是向我求救嗎？」

「沒有啊。」

「妳明明傳了訊息給我，內容一片空白。」

小佐內同學露出恍然大悟的表情。她拿出手機。那是附照相機功能的最新款手機。

「嗯，有啊，我傳了坂上用五百旗頭的名義來上課的證據照片。以你的智慧，應該已經發現我想調查什麼了吧？」

照片？我點開小佐內同學傳給我的訊息，把手機拿給她看。

「哪有照片啊，裡面只有一行網址，而且點進去什麼都沒有。妳傳這種東西過來，我當然會擔心啊。」

小佐內同學盯著手機螢幕，上面只出現了一個叉叉符號。

「……小鳩，你的手機能看到圖檔嗎？」

「我喜歡簡單的款式，沒有那種多餘的功能。」

小佐內同學緩緩搖頭。

「無法顯示ＪＰＧ檔已經不能說是簡單了……」

「不然要說什麼？」

「……原始？」

她以敏捷的動作操作起自己的手機。

「我傳了這個給你。」

小佐內同學的最新款手機顯示出坂上坐在桌前聽課的模樣。那想必是證據照片之中的一張。

我終於搞清楚狀況了。

我的手機是舊型的，雖然可以收到訊息，卻顯示不出圖檔。小佐內同學傳來的訊息把那張照片上傳到某處的伺服器，所以我的手機只收到了網址，而且點進去也看不到照片。簡單說，問題都是出在小佐內同學用的是最新款手機。

我感到全身無力。

我轉頭看著健吾。健吾依然目瞪口呆，他還沒辦法把眼前的女孩和小佐內同學連在一起。我抓抓頭，解釋說：

「呃，健吾，有勞你辛苦地騎腳踏車趕來，不過看來我們是白跑一趟了。小佐內同學已經達成任務了。」

「這個，呃，那樣就太好了。不過，妳是小佐內？」

看到健吾這副舌頭打結的模樣，小佐內同學困擾地歪著腦袋，接著她似乎想到了什麼，就一臉開朗地鞠躬說道：

「初次見面，我是由紀的雙胞胎妹妹，麻紀。」

竟然來這招。

看著更加一頭霧水的健吾，以及若無其事地扯謊的小佐內同學，我實在壓抑不了喉中的竊笑聲。

終章

小佐內同學拍到證據照片之後過了十天。我已經漸漸忘了那件事，我想小佐內同學多半也一樣。但我今天一看到早報就呆住了。社會版有一則小小的報導，裡面清清楚楚地記載著：

『木良警局逮捕了五名利用非法駕照從事詐欺的高中生。』

報導裡面提到，身為主謀的十七歲高三生被逮捕了。逮捕啊……應該會留下前科吧。駕照是公安委員會管的，和警方為敵的下場可不是輔導就能了事的，當然會遭到逮捕。沒有被埋葬在黑暗中就要慶幸了。開玩笑的。就算只是開玩笑，若不這樣排解一下，我實在很難釋懷。

星期六，學校放假。我用手機聯絡了小佐內同學，約她在咖啡廳見面。我先到達店裡，不到五分鐘，小佐內同學就來了。她穿著清爽的天藍色連身裙和袖口綴著白色蕾絲的針織外套，說不上豪華，但也不算樸素。角落那桌坐了一對情侶，他們前方那桌是空的，所以我們就坐在那裡。早餐有幾樣可以選擇，我點了吐司，小佐內同學點了鬆餅。

好啦，我把那份報紙攤在桌上。小佐內同學很周到地又拿來其他報紙。朝日、讀賣、每日。哇塞，每一份都有報出來，篇幅長短不一就是了。

送早餐過來的女服務生會怎麼看待我們呢？我們兩人都盯著報紙，卻沒有在看內容，臉色沉痛得像在守喪，氣氛尷尬得像是被彼此發現外遇的情侶。

小佐內同學看到附楓糖漿的鬆餅送上桌，卻碰都不碰一下，而是喃喃地說：

「事情鬧大了……」

我跟著說：

「鬧大了呢……」

報導裡面當然沒有寫出那些學生的真實姓名，只提到住在本市的二十歲學生。不過，本市不可能同時發生兩件相同的案件，就算只寫出這些事，也一定會被健吾發現吧。就算健吾再怎麼單純，他鐵定不會相信當時在駕訓班看到的是小佐內同學的雙胞胎妹妹，照這樣看來，他對小佐內同學的印象應該會完全顛覆吧。

我從報導裡面看到一些新的資訊。

為什麼那些學生打算用需要上課才能考取的一般機車駕照來詐欺，而不是選擇比較便宜的輕型機車駕照？我原本的想法是一般機車駕照可以實際用來駕駛，在大眾眼中也比較有信用。其中有猜中的部分，也有猜錯的部分。據說坂上早已打算一進高中就要考駕照，他對那個團體的人說了這件事，就被當成了詐欺計畫的棋子。也就是說，坂上自己付了學費，卻被改成別人的名義，為了上課還拚命踩腳踏車，結果沒有考到駕照，反而留下了前科。真是太淒慘了。

另一點，為什麼他們有辦法查到那個姓五百旗頭的人沒有駕照？其實順序是反過來的，他們並沒有刻意調查五百旗頭有沒有駕照，而是團體中有一個人知道五百旗頭沒有駕照，才想出了這一樁詐欺計畫。嗯，很合理。想必是有某種契機吧。

事實上，我們並沒有直接向警方告發坂上他們那夥人。雖然小佐內同學很想報仇，但她不想和警察扯上關係，所以打公共電話警告了本市所有借貸公司，叫他們提防一個用「五百旗頭」的名字去借錢的人，而且隔天就把照片寄過去了。

借貸公司畢竟是專業的，就算沒有我們的警告，或許他們也能看穿坂上那些人的計謀。這樣想會讓我們比較安心，但我們確實是存心那樣做的。小佐內由紀確確實實地報了春季限定草莓塔的仇。

復仇者似乎不該表現出痛快的神情。

「我明明決定不再做這種事了……」

小佐內同學用泫然欲泣的語氣說道，一邊拿起楓糖漿，淋在鬆餅上，等最後一滴流下來以後又加上一句：

「我明明決定當個小市民了。」

她把奶油撥開，用刀子把咖啡色的鬆餅切成四塊，但她好像不打算吃。妹妹頭底下的一雙眼睛往上瞄著我。

「對不起，小鳩，虧你還依照約定來阻止我。」

我慢慢地搖頭。

「我也沒有遵守約定。我早已決定不再扮演偵探了，但我想得起來的……」

我折著手指計算。包包失竊那次，兩幅畫那次，還有好喝的熱可可那次。就算不把玻璃瓶破掉的事算進去，再加上坂上這件事……

「就有四次了。」

「……真是業障深重呢。」

「彼此彼此。」

我們兩人同時發出嘆息。一看到攤開的報紙，我就更想嘆氣了，所以我把所有報紙摺好，起身放回原位。回來坐下以後，我才喝了第一口咖啡。

小佐內同學喃喃說道：

「還是放棄吧？」

我拿著咖啡杯，盯著小佐內同學。

「我的個性就是太執著，你的個性就是太愛管閒事，根本沒辦法改變，所以還是放棄吧？無論我們怎麼蒙騙自己，終究藏不住原本的個性。既然再怎麼忍耐都會變回去，還不如……」

我放下杯子，在盤子上敲出清脆聲響。

「小佐內同學，我知道妳現在很沮喪，但我們並沒有蒙騙自己，而是想要改變自己的缺點，雖然還是有些辛苦。妳自己不是也說過嗎，明知不對還是為所欲為，未免太不懂得自制了。我們只是還在矯正啊。」

「……嗯。」

我的眼中充滿了不屈不撓的鬥志。

「人本來就不可能在一夕之間改變，如果想要立刻達到完美，那也太沒耐心了。加油，別放棄，繼續努力下去吧。」

我們要培養出能看開一切的心胸和禮貌性的疏離，總有一天能抓住那顆小市民的星星。

小佐內同學也凝視著我，眼中浮現堅定的神色。

「嗯。」

她用力點頭。

此時，小佐內同學的身後傳來波嗤一聲。她被水潑到了。小佐內同學不知道發生了什麼事，愕然地眨著眼睛，猛然回頭。

坐在她對面的我很清楚事情的經過。我們後面那桌坐了一對情侶，女人拿水潑了男人。不對，正確的說法應該是打算拿水潑他，因為男人的動作很敏捷，立刻閃身躲開。真希望他閃躲之前先考慮一下後面的人。

事情發生得太突然，小佐內同學一句話都說不出來，而我也是一樣。女人把空杯子用力敲在桌上。

「我們玩完了！」

她說完以後就站起來，走出店外。男人回過神來，也立即起身，在櫃台丟下幾千圓，急忙跑去追那個女人了。在他們的後面……用手帕擦著後腦的小佐內同學也默默地跟了出去。

人家正在感性的時候，竟然用水潑了少女纖細脆弱的頭髮，而且連一句道歉都沒有，真是太白目了。我心想應該要阻止她才對，一邊低頭看著桌上的鬆餅和我點的吐司，接著又望向剛離開的情侶坐過的那桌。沒喝完的咖啡、紅茶、早餐套餐、香菸、原子筆，此外還有幾樣有趣的東西。

我拿出手機，建立新訊息，收件人是小佐內同學，內容是這樣的：

『不需要追上去。照我看來，那兩人不是普通的情侶，他們之間有些不可告人的事。依照我的想法，這件事只要分析他們遺留的物品就能解決了。』

罷了，就是這樣。人本來就不可能在一夕之間改變。

……今後應該會逐漸進步吧。

逆思流

春季限定草莓塔事件

（原名：春期限定いちごタルト事件）

作者／米澤穗信　譯者／ＨＡＮＡ　封面插畫／左萱
榮譽發行人／黃鎮隆　國際版權／高子甯、賴瑜妗
執行長／陳君平　美術編輯／李政儀
協理／洪琇菁　企劃宣傳／施語宸
執行編輯／石書豪

發行／英屬蓋曼群島商家庭傳媒股份有限公司城邦分公司　尖端出版
台北市南港區昆陽街十六號八樓
電話：（〇二）二五〇〇—七六〇〇（代表號）
傳真：（〇二）二五〇〇—一九七九

中彰投以北經銷（含宜花東）／楨彥有限公司
電話：（〇二）八九一九—三三六九
傳真：（〇二）八九一四—五五二四

雲嘉經銷／威信圖書有限公司　嘉義公司
電話：（〇五）二三三—三八五二
傳真：（〇五）二三三—三八六三
客服專線：〇八〇〇—〇二八—〇二八

南部經銷／威信圖書有限公司　高雄公司
電話：（〇七）三七三—〇〇七九
傳真：（〇七）三七三—〇〇八七

香港總經銷／城邦（香港）出版集團有限公司
香港灣仔駱克道193號東超商業中心1樓
電話：（八五二）二五〇八—六二三一
傳真：（八五二）二五七八—九三三七
E-mail：hkcite@biznetvigator.com

馬新經銷／城邦（馬新）出版集團　Cite(M)Sdn.Bhd.
E-mail：Cite@cite.com.my

法律顧問／王子文律師　元禾法律事務所
台北市羅斯福路三段三十七號十五樓

二〇二二年四月一版一刷
二〇二四年八月一版三刷

■中文版■

郵購注意事項：
1. 填妥劃撥單資料：帳號：50003021戶名：英屬蓋曼群島商家庭傳媒(股)公司城邦分公司。2. 通信欄內註明訂購書名與冊數。3. 劃撥金額低於500元，請加附掛號郵資50元。如劃撥日起 10～14日，仍未收到書時，請洽劃撥組。劃撥專線TEL：(03) 312-4212 ・ FAX：(03) 322-4621。E-mail：marketing@spp.com.tw

國家圖書館出版品預行編目資料

春季限定草莓塔事件 /
米澤穗信 著 ; HANA譯 . --初版.
--臺北市：尖端出版, 2022.04
面 ; 公分.--(逆思流)
譯自: **春期限定いちごタルト事件**
ISBN 978-626-316-669-1(平裝)

861.57　　111001834